IGNÁCIO DE LOYOLA BRANDÃO

CRÔNICAS PARA JOVENS

Seleção, Prefácio e Notas Biobibliográficas
ANTONIETA CUNHA

© Ignácio de Loyola Brandão, 2012
1ª Edição, Global Editora, São Paulo 2013
1ª Reimpressão, 2016

Jefferson L. Alves – diretor editorial
Antonieta Cunha – seleção
Cecilia Reggiani Lopes – edição
Flavio Samuel – gerente de produção
Arlete Zebber – coordenadora editorial
João Reynaldo de Paiva – assistente editorial
Érica Alvim – revisão
André Brandão – foto de capa
Eduardo Okuno – projeto gráfico e capa

Obra atualizada conforme o
NOVO ACORDO ORTOGRÁFICO DA LÍNGUA PORTUGUESA

CIP-BRASIL. CATALOGAÇÃO NA FONTE
SINDICATO NACIONAL DOS EDITORES DE LIVROS, RJ

B817i

Brandão, Ignácio de Loyola, 1938-
Ignácio de Loyola Brandão: crônicas para jovens / Ignácio de Loyola Brandão; seleção, prefácio e notas biobibliográficas Antonieta Cunha. – 1a ed. – São Paulo: Global, 2013.
(Crônicas para jovens)

Bibliografia
ISBN 978-85-260-1722-1

1. Brandão, Ignácio de Loyola, 1938 – Literatura infantojuvenil. 2. Crônica brasileira. 3. Literatura infantojuvenil brasileira. I. Cunha, Antonieta. II. Título. III. Série.

12-4485
CDD: 028.5
CDU: 087.5

Direitos Reservados

global editora e distribuidora ltda.
Rua Pirapitingui, 111 – Liberdade
CEP 01508-020 – São Paulo – SP
Tel.: (11) 3277-7999 – Fax: (11) 3277-8141
e-mail: global@globaleditora.com.br
www.globaleditora.com.br

Colabore com a produção científica e cultural.
Proibida a reprodução total ou parcial desta obra sem a autorização do editor.

Nº de Catálogo: **3245**

IGNÁCIO DE LOYOLA BRANDÃO

CRÔNICAS PARA JOVENS

BIOGRAFIA DA SELECIONADORA

Maria Antonieta Antunes Cunha é doutora em Letras e mestre em Educação pela Universidade Federal de Minas Gerais (UFMG). Professora aposentada da Faculdade de Letras da UFMG, hoje coordena cursos de especialização da Pontifícia Universidade Católica de Minas Gerais (PUC--Minas). Editora e pesquisadora na área de leitura e literatura para crianças e jovens, tem planejado, coordenado e executado vários projetos nesse campo, entre eles, o Cantinhos de Leitura, da Secretaria de Estado da Educação de Minas Gerais, adotado posteriormente em vários estados brasileiros. Foi a criadora e a primeira diretora da Biblioteca Pública Infantil e Juvenil de Belo Horizonte. Tem mais de trinta livros publicados, entre didáticos e de pesquisa. Por dois mandatos foi presidente da Câmara Mineira do Livro. Foi secretária de Cultura de Belo Horizonte, de 1993 a 1996, e presidente da Fundação Municipal de Cultura de Belo Horizonte, de 2005 a 2008.

A CRÔNICA

Muito provavelmente, a crônica, se não é o gênero literário mais apreciado, é o mais lido no Brasil. Ela tem, sobre os outros, a vantagem de comumente se apresentar em jornais e revistas, o que aumenta muitíssimo seu público potencial. Outro ponto que conta a favor da crônica, considerando-se o público leitor em geral, é que ela é uma composição curta, uma vez que o espaço no jornal e na revista é sempre muito definido.

Mas essas mesmas características podem pesar contra a crônica: em princípio, ela é tão descartável quanto o jornal de ontem e a revista da semana passada, seja pela própria contingência de aparecer nesses veículos, seja pelo fato de, na maioria dos casos, correr o risco de não se constituir como página literária. Vira "produto altamente perecível" e realmente desaparece, a não ser em casos especiais: um fã ardoroso, que coleciona tudo do autor; um assunto palpitante para o leitor, que recorta e guarda o texto com cuidado; o arquivo do periódico...

Se o autor tem lastro literário e é reconhecido como escritor, crônicas suas, consideradas mais significativas, pelo assunto e pela qualidade estética, são selecionadas para virar livro – como é o caso deste que você começa a ler.

Digamos, ainda, que muitos consideram este um gênero literário tipicamente brasileiro, pelo menos com as características que assumiu hoje, e que conseguiu uma façanha: introduzir no cenário literário nacional um autor que só escreveu crônicas: Rubem Braga. Outros cronistas, antes e depois dele, eram ou são reconhecidos romancistas, poetas ou dramaturgos, como Machado de Assis, Rachel de Queiroz, Olavo Bilac, Cecília Meireles, Paulo Mendes Campos, Carlos Drummond de Andrade, Ferreira Gullar, Affonso Romano de Sant'Anna, Alcione Araújo, Marina Colasanti, Nelson Rodrigues, Marcos Rey...

Mas a crônica cumpriu uma longa trajetória até chegar ao que é, nos dias de hoje, no Brasil.

Inicialmente, na Idade Média e no Renascimento, o substantivo "crônica" designava um texto de História, que registrava fatos de determinado momento da vida do povo, em geral com o nome de seu governante, o rei ou imperador. (Afinal, sabemos que a História, sobretudo a mais antiga, narrava os fatos do ponto de vista do vencedor.) E – claro! – essas crônicas não apareciam em jornais e revistas: contavam basicamente com os escrivães dos governantes. Assim, temos a *Crônica de Dom João I*, a *Crônica de 1419 de Portugal*.

Esse sentido histórico da palavra pode aparecer, eventualmente, como recurso literário, usado pelo autor para fazer parecer que está escrevendo História. Convido você a conhecer dois belos exemplos disso em obras que já se tornaram clássicos da literatura mundial: a novela *Crônica de uma morte anunciada*, do colombiano Gabriel García Márquez, e o romance *A peste,* do francês Albert Camus.

No Brasil, a crônica nos periódicos veio importada da França, ainda nos meados do século XIX, cultivada por escritores como Machado de Assis, José de Alencar e Raul Pompeia, que no jornal escreviam folhetins (romances em capítulos) e crônicas. E acredite: a crônica era sisuda, nesse tempo, e o folhetim era considerado "superficial", de puro entretenimento.

Como página séria, pequeno ensaio sobre temas políticos, críticas sociais, reflexões, durou muito tempo, embora, aqui e ali, aparecesse algum traço embrião do(s) estilo(s) da crônica atual.

É a partir da metade do século XX, com autores consagrados, como Vinicius de Moraes, Millôr Fernandes, Otto Lara Resende, entre outros já citados, que o gênero adquire, definitivamente, uma identidade brasileira, com o uso "mais nacional" da língua portuguesa, e possibilitando liberdade quase absoluta, qualquer recorte que desejar dar-lhe seu autor.

De fato, observados os limites impostos pelo suporte em que aparece, a crônica torna-se um gênero onde cabe tudo – inclusive outros gêneros: casos, cartas, pequenas cenas teatrais, poemas, prosas poéticas, imitações da Bíblia, diários etc. Nela cabem também todas as abordagens, todos os tons, do lírico ou dramático ao mais refinado humor ou escancarado deboche.

Daí, talvez, o encantamento do leitor pela crônica: dificilmente ele não encontrará, no gênero, a forma e o tom literários que ele prefere.

No caso de Ignácio de Loyola Brandão, um dos mais importantes prosadores brasileiros, a crônica vem sendo, ao longo de décadas, sua forma de testemunhar acontecimentos da vida do país ou pequenos fatos do cotidiano de pessoas anônimas que cruzam seu dia de jornalista atento, além das reminiscências de um tipo de vida que se tornou inviável, seja na sua Araraquara da infância e adolescência, seja na São Paulo de sua juventude.

Vocês, leitores, verão que nesses registros de vida de Loyola cabe – é claro! – alguma acidez, mas cabem também o sorriso e a ternura.

ANTONIETA CUNHA

SUMÁRIO

Ignácio de Loyola Brandão, O Batalhador Incansável.................15

De Araraquara a São Paulo.................23

Carnaval e mulheres livres.................25

Solidão de Natal no Bexiga.................27

As telefonistas sabiam de tudo.................30

Adolescentes do ano 2000.................33

Com a navalha no rosto.................35

Cenas de rua.................39

Não mentir aos ladrões.................41

Um dom-juan do comércio.................44

Encontro de rua.................47

Nada é o que parece ser.................50

A jovem e a vida por vir.................53

Foi comigo mesmo.................57

Óculos prisioneiros na vitrine de Paris.................59

O mistério da receita.................62

Proibido de morrer.................66

A gente não promete mudar, a gente muda.................69

Sem fantasia.................73

O presidente vai ao lixão.................75

Playboys, milionários e acidentes.................77

Vontade que pode levar ao desespero.................80

A morte do milionário.................83

Só rindo.................87

Lindos nomes de remédios.................89

Manhã a bordo de um táxi.................92

O homem que desejava um sonho.................96

A continência, o caubói e os pedidos de almoço.................100

E uma declaração de amor....................103

O sorriso de Márcia.................105

Bibliografia.................109

IGNÁCIO DE LOYOLA BRANDÃO, O BATALHADOR INCANSÁVEL

O garoto de 16 anos tinha pouco dinheiro e um enorme interesse pelo cinema. Como resolver essa importante questão de sua vida, que era conseguir assistir às sessões noturnas no cinema de Araraquara? O garoto não teve dúvida: tornou-se o resenhista (e bom!) de cinema do jornal local, *A Folha Ferroviária*. Foi, provavelmente, o mais jovem crítico de cinema de todos os tempos, em todo o mundo.

Este jovem é Ignácio de Loyola Brandão, um dos maiores autores da literatura brasileira. Hoje, aos 75 anos, com 35 obras publicadas e vários prêmios nacionais e internacionais, traduzido em seis línguas diferentes, nosso escritor poderia aposentar-se e simplesmente "curtir a vida", mas ainda faz questão de manter seu trabalho regular de escritor e seu compromisso, como cronista, com o jornal *O Estado de S. Paulo*. A propósito disso, vocês vão ler mais adiante uma passagem deliciosa, envolvendo o autor, sua mulher, Márcia, e vários amigos aposentados.

Talvez seja esta a sua grande marca: seu empenho constante com a escrita, além da disposição de participar de encontros, seminários, palestras, conversas com leitores pelo Brasil afora ou em outras plagas.

Esse trabalho incansável deve explicar sua confissão: "escrevo para não ser solitário." É a sua maneira – áspera, às vezes; generosa, sempre – de dialogar com o outro.

Pois foi às 17 horas de uma quarta-feira, depois de vários compromissos de trabalho, que Loyola me recebeu na bela casa que funciona como escritório de arquitetura de sua mulher, Márcia, e de outros colegas de profissão.

Ele falou da infância e adolescência em Araraquara, das lutas iniciais em São Paulo, para onde foi aos 21 anos, de seus livros, da cirugia que, de algum modo, mudou sua vida, experiência magnificamente relatada em *Veia bailarina*. Conversa calma, solícita, verdadeira, de quem, a seu modo, hoje, está de bem com o mundo.

É esta entrevista exclusivamente feita para os leitores desta antologia de crônicas de Loyola que vocês vão ler agora.

AC – Loyola, eu queria começar perguntando a respeito de você como leitor. Você é um artista que relê muito as obras de outros. Para citar dois casos, você reviu muitas vezes o filme *Oito e meio*, de Fellini, e a encenação de *Pequenos burgueses*, de Gorki. No entanto, ao contrário de outros autores, que gostam de "lamber a cria", você confessa que não relê suas obras. Como avalia isso?

Loyola – Sou releitor das obras dos outros. Logo que sai um livro meu, leio alguma coisa, durante a primeira semana ainda dou uma olhada aqui e ali, mas depois deixo a leitura. Toda vez que releio meus livros, começo a ver defeitos, acho que não escreveria mais daquele jeito, acabaria reescrevendo a obra toda. E acho que, pronta, a obra não é minha mais, o melhor é deixar que os outros a leiam. Então, dou um tempo e começo a escrever outra história, que procuro fazer melhor. Sobre os casos que você citou, *Oito e meio* é um filme maravilhoso, que aborda exatamente a criação artística, por isso deve interessar a todos os artistas. *Pequenos burgueses* me impressionava pela carpintaria teatral, pelos diálogos perfeitos. Além disso, a atriz da peça era a Ítala Nandi, e eu estava apaixonado por ela...

AC – Mas, nas reedições, a situação parece diferente: você altera muito seus textos nesses casos. Penso, por exemplo, no *Cães danados*, da Comunicação, muito modificado em *O menino que não teve medo do medo,* da Global. Qual o critério para as mudanças? As editoras interferem ou pedem mudanças?

Loyola – No caso de reedição, sempre releio, para ver se é o caso de fazer mudanças. *Cães danados* foi um livro feito muito às pressas, tinha umas ilustrações muito sombrias. Na reedição, a editora e eu achamos importante mudar o projeto gráfico todo, assim como eu mudei o texto, inclusive o título. Nem sei se o conto é para o público infantil, mas a edição da Global me parece mais adequada para as crianças.

AC – Nas reedições sobretudo, mas mesmo nas primeiras edições, os títulos são frequentemente modificados. Esse dado tem a ver com sua experiência jornalística?

Loyola – Na verdade, mudei apenas o título de *Cães danados* e de meu romance *O ganhador*, que hoje se chama *Noite inclinada*. Neste caso, pensei anos e anos e o título *O ganhador* não me convencia. Coloquei *O ganhador* porque meu editor forçou. O título original era *O perdedor*, que é muito mais o clima do romance. Mas o editor achou que ninguém iria querer comprar um livro com esse título.

AC – Durante o período de criação da obra, seu trabalho de reescrita é muito grande. Essa reescrita tão insistente tem gosto amargo ou dá prazer?

Loyola – Reescrevo muito, mudo sempre, e corto muito. No *Zero*, cortei mais de 500 páginas. Se não, ficaria inviável, ninguém o leria. Mas não é um sofrimento, é prazeroso. Se não fosse, largaria e ia fazer outra coisa. Acho que é um mito, ou um pouco de pose, de charme, a imagem do artista parado diante da folha em branco, lutando com as palavras. É claro que muitas vezes paro, tenho dificuldades para encontrar o caminho, mas a descoberta é uma alegria.

AC – Você parece concordar com José Paulo Paes, na defesa do que ele chamou de "uma literatura de entretenimento". Como você caracteriza essa literatura? Acha que ela é uma chave para a conquista de leitores?

Loyola – José Paulo Paes era um crítico e um poeta de primeira. Até hoje leio a poesia dele. Concordo absolutamente com ele quanto à literatura de entretenimento, desde, é claro, que não seja malfeita, que seja cuidadosa. Esse tipo de literatura atrai leitores, é uma das chaves para começar o gosto pelo livro. Você pensa que me tornei leitor lendo Homero? Nada disso! Aprendi a gostar de livros sobretudo por influência de meu pai, que lia muito e me trazia revistas do Tarzan, a Coleção Amarela, da Globo, e livros como *Os três mosqueteiros*, histórias sobre piratas... Depois ele me deu Flaubert e outros. Acabei um leitor voraz, graças a meu pai e à literatura de entretenimento. Até hoje, leio muito, mas, se uma obra não me agrada, largo a leitura, não faço o que me chateia.

AC – Uma especialista em sua obra, Cecilia Almeida Salles, parece ter a posição de que o gênero crônica normalmente se afasta da literatura. Como você vê a crônica e, em especial, a sua crônica? Ela poderia representar essa "literatura de entretenimento"?

Loyola – Para mim, a crônica é um recorte do cotidiano de uma cidade. Em geral, é um gênero mais apressado, porque tem prazo. No entanto, não poucas vezes, escrevo e reescrevo uma crônica, porque faço com antecedência e aí tenho tempo. Luis Fernando Verissimo tem uma ótima definição da crônica: "a crônica é o texto literário sob pressão". Os cronistas são os maiores observadores da vida diária. Acho que faço mais a crônica do tipo reportagem. Vou, por exemplo, ao Acre, e lá tomo conhecimento de como se dá a formação de leitores, que projetos desenvolvem. No Ceará, uma senhora, já idosa, me pergunta como se faz um livro, e ela queria saber como era "juntar as letrinhas". Expliquei a ela como pude, e ganhei uma garrafa do melhor mel que já tomei em minha vida, e a rolha da garrafa era de sabugo! Foi, possivelmente, o melhor cachê que recebi na vida! Isso vira assunto de uma crônica. (Um dia, quero fazer um livro com minhas viagens literárias, onde passei por experiências fantásticas!) Acho que muitas vezes minhas crônicas são pequenos contos, que podem até inspirar textos maiores... Bem, não sei dizer exatamente o que é a minha crônica... é um impulso, a urgência de capturar a realidade...

AC – Você tem obras que muitas vezes se aproximam dos gêneros menos abençoados pela "academia", como a ficção científica e o policial, além de fazer amplo uso de gêneros textuais não literários, como *outdoors* e inscrições de banheiros. Mas, definitivamente, suas obras não podem ser consideradas "fáceis". Ao contrário, os estudos mais atuais tratam da questão, muito cara hoje, da mistura de gêneros. A crítica sempre viu esse aspecto inovador e rico de suas obras?

LOYOLA – A crítica não chegou lá. Frases de banheiros, *outdoors*, isso é o Brasil. De certo modo, me impressiona que *Zero* não tenha sido visto como um retrato de uma geração: pois está tudo lá – as músicas, a literatura, as notícias. A crítica nem sempre é interessante e inteligente – isso com relação à maioria dos autores, não comigo especialmente. Muitas vezes, temos apenas resenhistas, ou uma crítica fechada na universidade, que fala para seus pares e não chega à população. Minha impressão é a de que, em geral, o crítico não conhece a produção do autor, comenta um livro isolado, o que é uma pena.

AC – Várias obras suas apresentam uma forte preocupação com as questões ambientais. Você continua, hoje, a abraçar árvores, como seu pai?

LOYOLA – Bem, devo dizer que não sou um ambientalista, não sou um militante do meio ambiente. Mas percebo claramente a profunda necessidade de se cuidar do planeta. Acho que as coisas vão melhorando, já há a consciência de que a água e o verde vão fazer muita falta. Meu avô, por exemplo, que era marceneiro, tinha um enorme respeito pela natureza, sabia como cortar uma árvore sem danificar outras, replantava. Meu pai também tinha esse cuidado com a natureza.

AC – Você passou aproximadamente 10 anos fora do jornalismo, que o fisgou aos 16 anos. O que o fez voltar a ele?

LOYOLA – Quando voltei da Alemanha, estava sem emprego. Lá, dava entrevistas e palestras muito bem pagas. Aqui, as coisas não são assim. Mas logo o editor da revista *Vogue*, com quem já tinha trabalhado, me chamou para fechar um número da revista. Fui e não saí mais. Mas a questão é que gosto muito de trabalhar, o trabalho realmente me revigora. Outro dia, fui com a Márcia a Araraquara, onde nascemos os dois, e encontrei vários amigos de infância, quase à hora do almoço, num papo interminável, sentados na calçada. Todos aposentados e se dizendo felizes, ali parados, vendo passar "cada menininha jeitosa!". Ficaram impressionados por eu não ter me aposentado ainda. Depois da conversa rápida, saímos, e Márcia me perguntou que velhinhos eram aqueles. Expliquei que eram meus colegas de infância, tinham a minha idade. "Pois não parece: estão muito mais velhos que você! Pela cara, eles têm 90 anos." Acho que ela tinha razão. Penso que não vou parar nunca, vou morrer em cima do computador!

AC – Você, ainda menino, ganhou um concurso de desenho. Por que abandonou esse talento?

Loyola – Foi um concurso sem importância, nem lembro como era, não guardei, nem meus pais, nem a escola. Não acredito que fosse um talento. Acho que ninguém perdeu com isso. Sou muito visual, minhas obras às vezes nascem de uma impressão visual. As imagens me interessam sempre, mas, como desenhista, não fiz falta.

AC – Sua ligação com o cinema começou muito cedo, como resenhista, figurante, e até o levou à Cinecittà, com a intenção de trabalhar com Federico Fellini. Como se "desviou" desse caminho? Hoje, você é apenas um fruidor do cinema? Considera que temos hoje diretores à altura de Fellini, Antonioni, Bergman?

Loyola – Sempre gostei muito de cinema, e ainda vejo muito filme, agora mais em casa. Mas fui resenhista, em Araraquara, porque era pobre e não podia ir ao cinema todos os dias. Para juntar o dinheiro da entrada, vendia abacate, catava garrafas para vender. Um dia, descobri que crítico de cinema não pagava ingresso. Eu lia muita crítica de jornal, que eu recortava e guardava, já tinha lido muitos livros sobre cinema, e resolvi levar uma resenha para o dono do jornal, *A Folha Ferroviária*, que a publicou, e depois outra, e outra. Perguntei, então, se eu era crítico de seu jornal, e ele disse que, de certa forma, sim. "Então, tenho direito à 'permanente!'" E ele me deu a carteirinha, a "permanente", para a entrada grátis no cinema. Depois, já em São Paulo, queria ser diretor de cinema, trabalhar na Vera Cruz, com Anselmo Duarte. A ida para a Itália tinha também essa ideia de aprender a fazer cinema. Mas as coisas mudam, e o cinema acabou como uma experiência para a minha literatura. Sobretudo meus primeiros contos são como curtas-metragens. *Zero* tem uma estrutura próxima de *Oito e meio*. Hoje, o cinema mudou muito. Na minha adolescência, o cinema era um lugar e um momento mágicos, até de relacionamento social, com cheiros próprios, as meninas bem vestidas esperando encontros. A experiência de ir ao cinema hoje é bem diferente. O próprio cinema, como arte, mudou muito, talvez com mais ação do que história.

AC – Certa vez, você disse que os escritores são os equilibristas da vida. Você continua achando isso?

Loyola – Continuo. Nós, escritores (e os artistas em geral), temos de nos arriscar o tempo todo. Nada é seguro, mas não há mesmice possível. E é isso que nos sustenta. Eu, por exemplo, se não quisesse correr riscos, seria comerciário.

AC – A seleção de crônicas suas que estou organizando para a Global é dirigida preferencialmente ao público jovem. Você começou a escrever aos 16 e saiu cedo de Araraquara, aos 21 anos, para fazer jornalismo e trabalhar. O que diria a seus jovens leitores sobre estudo, trabalho, leituras e sonhos?

Loyola – Diria para eles que é sempre importante buscar seus caminhos. Isso dá trabalho, precisamos aprender muita coisa, precisamos ter paciência, mas que é a única coisa que dá sentido às nossas vidas.

DE ARARAQUARA A SÃO PAULO

CARNAVAL E MULHERES LIVRES

O bom do carnaval era que as mulheres se esqueciam dos princípios férreos das mães e avós e saíam às ruas com vestidos curtos, blusas decotadas, sem medo de mostrar as pernas, sem receio de que víssemos o pequeno vale entre os seios. Entre a minha adolescência e a tesoura com que Mary Quant reduziu as saias a um micropedaço de pano se passariam 15 anos.

Tempo de muita ansiedade. Nos salões do Clube 27 de Outubro, podia-se vislumbrar, aqui e ali, alguma jovem sem sutiã, seios entremostrados pela blusa molhada de suor. Logo, um avisava o outro, ficava aquele bando atrás da despudorada, como as classificavam nossas mães. O que nos deixava frustrados é que as despudoradas nunca estavam sozinhas. Assim que chegavam, algum bonitinho já apossava.

Ficávamos andando para lá e para cá, enquanto a banda se esfalfava (para usar termo daquela época) e o Nabor cantava as músicas de carnaval com o mesmo empenho e a voz soturna com que cantava boleros. Era o maior cantor da cidade, chegou a participar de programas no Rio de Janeiro e em São Paulo. *Maria bonita, Noche de ronda, Quizas, quizas, quizas, Siboney, Quien será* faziam a delícia de namorados, porque no bolero havia chances de dançar agarrado. No carnaval, não. Dançava-se separado, cada um na sua, com os braços para cima ou com os dedinhos apontados para a Lua, como chinês. Os bailes de carnaval foram antecessores das danças modernas em discotecas, onde você entra, dança e vai embora, sem olhar para ninguém, sem ter parceiro. Até na dança nos individualizamos.

O bom do salão é que, com exceção dos casais tradicionais (namorados, noivos, casados), o resto era de ninguém. As mulheres entravam na pista, jogavam confete, lançavam serpentinas (coisa mais boba), recebiam nas coxas e nas costas jatos gelados de lança-perfume, dançavam com quatro, cinco, seis, e não eram malfaladas, mesmo que se tivessem dedicado a alguns agarros. Quem dava sorte ia para os fundos do clube, para os cantos do Teatro Municipal (se estivesse no Tênis), para as árvores da Portugal (se estivesse no 22 de Agosto). Algumas concordavam em dar uma chegada ao Jardim da Independência. O problema é que, ali, podia-se não encontrar banco vazio, em plena madrugada.

Os mais ousados (ou as mais ousadas) procuravam nas alamedas um arbusto desenvolvido, enfiavam-se debaixo. E se alguém pensa que apenas cheiravam lança-perfume está errado. Muita peça de roupa era encontrada pelos jardineiros, ao varrer os canteiros. Dos lanças, o preferido era o Rodouro, menos fulminante que o Colombina. Este era perigoso, de vidro, a gente podia se esquecer e sentar em cima, uma vez que ia no bolso de trás. Por essa época, início dos 50, apareceram as camisas esporte. Camisa sem colarinho para gravata. Uma sensação. Finalmente inventaram a roupa para uma cidade quente como esta, pensávamos. O único inconveniente é que o Graciano não deixava entrar nos cinemas usando camisa esporte.

No carnaval, valia camisa esporte, bermuda, sandálias, sapato sem meia, descalço, valia tudo. Nem se distinguiam os ricos dos pobres, o carnaval democratizava. Tinha gente que, depois de certa hora, tirava a camisa e sambava diante das mesas onde as mães se postavam vigilantes, para evitar deslizes das filhas, frustrando futuros casamentos. Cães de guarda, ferozes, comandando capatazes, os filhos. Ou seja, os irmãos que avançavam como *buldôzers* para os engraçadinhos que tiravam casquinhas das irmãs. Quantas vezes vi, errando pela madrugada, perdido, apavorado, olhar esgazeado, um irmão à procura do objeto de sua vigilância.

Pedaços de coxas guardados avaramente o ano inteiro eram desnudados e oferecidos fartamente naqueles quatro dias. Cessavam os limites, as normas severas. Por isso, os fiéis reuniam-se nas igrejas, orando quatro dias seguidos, a fim de empurrar os demônios para fora das portas da cidade. Na Quarta-feira de Cinzas, os demônios retiravam-se, prometendo voltar.

22 de agosto de 1998.

SOLIDÃO DE NATAL NO BEXIGA

Vindo do interior, trabalhava havia nove meses em jornal e estava ansioso para, no 24 de dezembro, apanhar o trem e voltar a Araraquara, a fim de passar o Natal em família. Aos 21 anos, tendo morado a vida inteira no interior, movia-me por São Paulo sem desenvoltura, sem muitos amigos, a não ser os da pensão da Nina, onde morava. Vinte e um anos? Vida inteira? Nem se começou a viver, dirão muitos. Acontece que ao completar 21 tive um ataque de desespero, considerei-me velho, a vida acabada: "O que vou fazer depois?" Não que tivesse feito muito, não tinha feito nada, porém me via dominado por um grande sentimento de tragédia. No começo do mês, os amigos da pensão, todos estudantes, tinham ido embora, eram do interior do Paraná, de São Paulo. Foram curtir as férias, passar o Natal com as famílias. E eu a rondar solitário pela pensão deserta.

Comprei passagem antecipada na Estação da Luz, para o trem azul, de luxo, com poltronas numeradas. Enfrentava-se longa fila na bilheteria, dávamos gorjeta aos funcionários e descobríamos, no interior do trem, que o nosso lugar não existia. Impossível viajar de trem na época de Natal e ano-novo. Tudo lotado, gente em cima da cabeça e dos ombros. Pura farra, demorava-se cinco horas para fazer o percurso que o automóvel faz hoje em menos de três. No dia 20, Celso Jardim, chefe de reportagem da *Última Hora*, e o homem que me ensinou jornalismo, me chamou: "Você vai cobrir o Natal".

Não havia folga, a UH tinha três edições diárias, de manhã, à tarde e no começo da noite. Suávamos, ganhávamos mal e adorávamos o Samuel e o jornal. Masoquismo puro, mas valeu. Cada um tinha uma missão no Natal. Alik Kostakis, por exemplo, cobria as ceias grã-finas, Salvio Correia pedia histórias emocionantes à turma de política, o Paes Leme botava sua turma atrás dos jogadores. Celso me enviou ao Bexiga, então o bairro dos teatros e da boemia. Elegância com cultura, tradição e povão. Fui à Luz e revendi a passagem. A minha missão era fazer chorar. Como já escrevia razoavelmente (escrevia-se mal em jornal, mas não tanto quanto hoje) eu teria de levantar histórias para comover. "Faça o Natal dos solitários", comandou o Celso.

Assim, um solitário saiu à rua à cata de outros solitários. Os teatros estavam fechados. As cantinas cheias. Pelo barulho e agitação, concluí que nas cantinas não encontraria solidão. Grande parte das casas estava com as portas escancaradas, havia música, gritos, saudações. Um tempo em que se podia festejar com portas abertas, amigos entravam e saíam, estranhos que passavam eram brindados. Não, nas casas também não parecia haver solidão. Comecei a procurar botecos e a entrevistar pessoas sozinhas diante de uma cerveja, um vinho tinto pesado, uma cachaça. Não havia muitas histórias. Um odiava natais, outro gostava mesmo é de beber em bar, festa para ele era aquilo, a cerveja no balcão.

Procurava algo a la Charles Dickens, grandiosos. Um drama. Queria encontrar órfãos dormindo pelas ruas, famílias embaixo de marquises. Pensei em inventar, mas na UH éramos obrigados a colocar nome completo e endereço, sacação não funciona. Na Rua Conselheiro Ramalho, vi uma bela moça à janela de um sobrado, com o olhar perdido, distante. Aqui está uma solitária, a espera do namorado que não veio e tornou o seu Natal muito triste, pensei. "Posso falar com você?" E ela, sorridente: "Não. Meu bem. Hoje é Natal, não estou faturando, adoro o Natal porque não preciso trabalhar, aguentar os homens. Se quiser apareça outro dia, meu ponto é na Rua do Arouche. Feliz Natal". Não disse faturando, é gíria mais recente.

Andei durante horas. O Bexiga se acalmou e eu, sem história, acabei escrevendo sobre a busca de uma solidão não encontrada. Ou mal-investigada. Regressei à pensão com fome, Nina tinha ido com a irmã, dona de uma padaria na Rua Abílio Soares, não havia nada na geladeira, tomei água com açúcar para enganar o estômago.

Hoje, o Natal no Bexiga dá mais de uma crônica, dá um livro. É um Bexiga diferente daquele que conheci em 1957. Deformado, cortado por uma *free way*, ele resiste como pode, tentando manter a personalidade. O Armandinho que criou um museu e batalhou para que o bairro não se desfigurasse, está morto há dois anos. Os donos dos cafés do bairro do Bexiga andam desanimados com a decadência do pedaço, se diz até que Café do Bexiga pode ser fechado, após 18 anos. Essas informações me foram passadas pelo especialista, pelo seu historiador do pedaço, o Júlio Moreno, que escreveu sobre o bairro um livro de fazer inveja. Mas ali ainda há coisas muito boas. Como a Cantina Capuano que vai completar 90 anos. Ou o Bloco Esfarrapado que chegou aos 50. E tem um site na Internet: www.bixiga.com.br.

Porém, o mais importante é contar sobre Carlindo Pinheiro Júnior, 130 quilos, o único Papai Noel negro do Brasil que, ajudado pela Turma do Pedaço, comanda um passeio anual, a cada 21 de dezembro, distribuindo sacolas com balas e presentes. Em 1966 foram 3 mil sacolas. Um tom moderno na festa. Hoje eu não falaria de solidão, mas sim de solidariedade. Porque o solidário ajuda a anular o solitário.

22 de dezembro de 1996.

AS TELEFONISTAS SABIAM DE TUDO

Quinta-feira passada foi o primeiro dia em que acordei quase normal, me sentindo bem, sem desconfortos e indisposições. Como todos são "entendidos" em medicina me avisavam: "O efeito de uma anestesia, numa cirurgia de oito horas como a sua, vai levar semanas para passar". Sobre a mesa uma batelada de cartas, telegramas, cartões e recados anotados. Uma coisa dessas tem uma vantagem, redescobrimos amigos desaparecidos há muito. A solidariedade existe e forte. Para não falar de leitores que são amigos sem rosto e estão ali, fiéis. Outra, nunca recebi tantas frutas em cestas que competiam em criatividade. Hoje, imaginação ajuda a criar negócios baseados em coisas bem simples. Luto contra minha incapacidade de manejar um termômetro. Parece banal, mas tentem ler a temperatura nas dezenas de modelos diferentes que estão no mercado. Uns usam o velho mercúrio que aterrorizava nossos pais, quando éramos crianças. Quebrar o termômetro era uma delícia, para ficar brincando com a substância cremosa, prateada e brilhante. E perigosa. O povo antigo tinha sua sabedoria.

Outros termômetros são coloridos, contêm líquidos verdes, amarelos ou vermelhos que nos indicam o grau de febre. Mas é necessário segurar o instrumento com precisão. Desajeitado, seguro o termômetro pela ponta que ajuda a medir, de maneira que a minha temperatura sobe; assusto-me. Outras vezes, leio ali 34 graus, ou seja, tenho febre a menos, estou devendo.

Já que estou bem, aproveito para dar telefonemas. Sou atendido por vozes eletrônicas que depois de me comunicarem para onde chamei pedem para discar o ramal desejado. Como saber o ramal se meu amigo não me comunicou? Uma voz fria, ainda que cortês, tenta ajudar: disque o sete para o menu de opções. Menu. A terminologia do segmento culinário invade setores diferentes, é uma forma da língua evoluir. O menu de opções é tão chato quanto recepcionistas que nos perguntam: "Quem gostaria?" Disco o 7 e a voz fornece uma lista que vai do faxineiro ao departamento de pessoal. Descubro o pouco que sei do trabalho do amigo: o que ele faz na firma? É do pessoal, do *marketing*, das comunicações, do almoxarifado? Arquiteto, mas há tanto arquiteto fazendo suco em lanchonete. Daqui para frente, quando alguém me der o telefone, pergunto logo o ramal. Mas tem gente que se ofende: "Este é o meu direto". Ter uma linha direta significa status, posição. Nossos cartões terão de ostentar, diante do telefone, o código da cidade, o número do fone e o ramal. Quem viaja necessita acrescentar o 00 do internacional, mais o código do país. Ou seja, os cartões de visita vão parecer extrações da Sena, jogos de bingo e outros. Aliás, é uma boa ideia. Apanhar o cartão de amigos bem-sucedidos e jogar na Sena. Pode dar sorte.

Não que eu seja contra o progresso das telecomunicações. Não tenho nostalgia daquele sistema arcaico dos anos 50, quando cheguei a São Paulo e na velha *Última Hora* ficava pendurado horas em enormes telefones pretos, esperando linha. Podia ter me tornado monge budista, pela paciência e concentração. E um interurbano São Paulo-Rio? Anos antes, em Araraquara, para fazer interurbano íamos ao Cine Paratodos, havia uma agência da telefônica junto com a banca de revistas do Nelson Rossi. Era pedir a ligação, comprar uma revista, ou pegar uma emprestada e esperar. Quanto? Só Deus sabia. Ontem, em Santa Bárbara d'Oeste, foi lançado um livro que escrevi, um projeto especial, a biografia de Américo Emílio Romi, figura interessantíssima do empresariado brasileiro. Filho de imigrantes italianos, ele produziu arados, fez o primeiro trator brasileiro, criou a fábrica de tornos que hoje é um império gigante e acreditou que era possível fazer um carro brasileiro. Montou o Romi-Isetta, um carrinho simpaticíssimo que caiu no gosto do público, mas foi vencido pela burocracia do governo e pelos *lobbies* internacionais. Pois Romi, um dia, irritado com o sistema telefônico local, simplesmente reuniu amigos e abriu uma empresa, modernizou tudo, em Santa Bárbara foi possível telefonar. Tivéssemos mil Romis no Brasil.

Houve tempo em que as telefonistas eram "importantes" nas cidades, peças fundamentais da sociedade. Delas dependiam as comunicações. Conhecê-las ou namorá-las eram trunfos. Mais que isso, sabiam de tudo e de todos. Se alguma fosse indiscreta, decidisse escrever um livro, muitas cidades tremeriam, tornar-se-iam a caldeira do diabo. Todos os segredos passavam pelos seus ouvidos. Porém, telefonistas eram como padres, subordinadas à ética inviolável da confissão. Tínhamos um amigo, Sílvio, promotor, ex-marido da atriz Maria Alice Vergueiro, que foi transferido para uma pequena cidade do interior. Uma tarde, um juiz de São Paulo ligou para ele, era coisa urgente, a chamada caiu na telefonista central. Ela informou: "Posso ligar, mas ele não vai atender". Perplexo, o magistrado indagou: "Ah, é? E você pode me dizer por quê?". Ao que a moça, tranquila, respondeu: "Porque são cinco da tarde e nesta hora ele toma um bom banho, demorado". Informavam, prestavam serviço. Saberão as vozes eletrônicas de hoje?

23 de junho de 1996.

ADOLESCENTES DO ANO 2000

Elas se telefonam, se bipam, marcam encontros e se reúnem nervosas diante da escrivaninha, cadernos e livros abertos e espalhados. Não devo dizer escrivaninha, é termo da minha adolescência e entre a minha e a de minha filha se passaram 47 anos, o Brasil mudou, as palavras mudaram. No entanto, alguma coisa permanece imutável. Percebo ao passar pelo corredor, vendo-as no quarto, deitadas no chão, sentadas à escrivaninha, livros e cadernos compulsados sofregamente. Não, não se diz caderno, e sim fichário. Elas estão ansiosas, inquietas. São dias de prova. O clima é o mesmo da minha adolescência. Na aula a atenção se dirigia pouco ao professor. A menos que fosse criativo e soubesse segurar a classe. Se houvesse, como hoje, jovens professores, as meninas gostariam mais. Por que nossos professores pareciam velhos e sisudos?

Nas vésperas das provas, os estoques de Pervitin esgotavam-se nas farmácias. Era preciso passar a noite acordado. Podíamos comprar Pervitin sem receita. Mas ninguém se viciava, pois era apenas para as provas. A ansiedade que essas meninas sentem é a mesma que sofríamos. Uma angústia que as deixa desatentas, irritadas. Viram e reviram páginas do livro, apostilas, pulam de um ponto ao outro, sem concentração. Como todos fizemos, menos os cu de ferro, conhecidos como CDFs. Esses sabiam e sabem tudo. De que matéria orgânica são feitos? Chegava um momento, na véspera da prova, que cada um decidia aprender bem um único ponto e jogar na sorte. Era a Mega-Sena educacional.

Agora, ali no quarto, as meninas fazem a mesma coisa. Desespero de última hora. Há diferenças. Eu contava com meu caderno e um livro, o indicado pelo professor. Não existiam pesquisas nem onde pesquisar, a biblioteca municipal era pobre. Agora, elas dispõem de apostilas, xerox (um roubo), fascículos, enciclopédias, revistas. Comunicam-se por fax, modem, celular. E internet. Tem prova igualzinha no site.

Há uma igualdade. A pouca vontade de estudar nessa idade. Santa preguiça. Divina ausência de concentração. Elas falam dos rapazes (em geral, preferem os mais velhos, os da mesma idade são lesados; quer dizer bobocas; cada grupo tem sua gíria), telefonam, combinam a balada, escolhem um bar (na nova Faria Lima ou na Vila Madalena) e passam os olhos por um ponto. Está difícil, voltam a discutir uma tática, uma forma original de, talvez, colar. Mal sabem elas, nos seus 16 anos, que a estratégia de colar é arte aperfeiçoada por séculos. Afinal, a desonestidade progrediu e, no Brasil, elas estão cheias de exemplos de fraudes que dão certo. O professor nem desconfiará. Enfim, desistem, há nelas, felizmente, decência. O curioso nessas meninas que vão passar noites insones é que nenhuma recorre a um estimulante ou *flash power*. Nem sequer ao café. Suportam, sem nada. Pela manhã, sairão para a prova com os olhos quase fechados de sono. Mas não se esquecem de passar meia hora experimentando saia, blusa, sandália, vários tons de batom. Querem estar bonitas. Como sofreriam se fossem obrigadas a usar uniforme. No Ieba, em Araraquara, o temível Alvarenga, inspetor de alunos, não deixava passar nem sapato desamarrado.

Há uma diferença entre essa geração e a minha. A atual não recorre aos poderes superiores. Nunca as vi rezando. Nem pondo sobre a mesa santinhos de Santo Expedito ou São Roque. Contam com elas mesmas. Na minha época, dia de exame final era uma romaria à igreja. Findos os estudos, a vida seria leve. Como supor que o coração jamais descansa? Os santos recebiam com olhar complacente as promessas que, sabiam, seriam esquecidas. As mães protestavam: sem estudo, o santo não ajuda. Nossa lógica: estudando, dispensamos os santos! A igreja era poderosa, catalisadora! Hoje, precisa das aeróbicas do padre Marcelo. Ah, que bom, que mau! Chegamos ao ano 2000 e nada mudou! Mesmo tudo tendo mudado. A adolescência será sempre uma e indivisível! Sofredora e feliz. Assim, carregamos a vida toda um coração adolescente, dolorido um dia, sorridente no outro.

19 de dezembro de 1999.

COM A NAVALHA NO ROSTO

Num destes dias quentes, vi a barbearia e entrei. Mandei tosar a juba, quase raspar. Perdi o aspecto leonino que faz amigos de meu filho mais novo me chamarem de Einstein e amigos de minha filha me apelidarem Doc, o cientista louco do *De volta para o futuro*. A foto que vocês veem na coluna mostra um cabelo comportado, nada habitual. Imagino como as mulheres sofrem e entendo aquelas que usam a cabeça raspada. É tão confortável.

Barbeiro é instituição que ameaçou desaparecer, mas conseguiu se recompor. Quando nos anos 60 e 70 os homens decidiram deixar o cabelo crescer, vi muita barbearia fechar as portas. As giletes descartáveis já tinham tirado boa parte da freguesia da barba.

Muita gente nunca conheceu o prazer de sentar-se numa cadeira, o corpo solto, pedindo: barba e cabelo. A toalha quente no rosto, o pincel espalhando a espuma, fazendo uma pré-massagem, depois a navalha raspando suave. Coisa relaxante. Um pouco da tensão do mundo moderno poderia ir embora com meia hora de barbeiro. No entanto, se decidiu pela pressa, pela autobarba.

Ninguém parece ter tempo de se abandonar numa cadeira, envolvido pelo cheiro de talco e loções, ouvindo o chiar monótono da navalha. Quem não conhece a velhíssima piada do barbeiro que indagou: Arco ou tarco? E o freguês respondeu: Verva.

O ritual do álcool trazia outra intenção, além da esterilizante. Mostrar que o barbeiro não tinha feito um único talhozinho. O álcool num corte, mínimo que fosse, arderia, o talco era refrescante, mas a gente saía da cadeira limpando o rosto. A Água Velva, amarelada, cheiro de todo jovem aos sábados, nos anos 50, era para quem podia, um luxo. Ainda existe ou deixei de prestar atenção nela? As navalhas cederam lugar a aparelhinhos, nos quais se encaixa uma gilete. Outro dia, disse ao barbeiro: se fosse para fazer com gilete, faria em casa. A navalha conferia a sensação de perigo iminente. Não há quem não pense que a mão do barbeiro poderia resvalar e dar um talho que nos deixaria como Scarface.

Se bem que jamais soube de um profissional que tivesse ferido um cliente. Os bons, inclusive, conseguiam fazer a nossa barba de maneira tão delicada que mal sentíamos a lâmina tocar a pele. Era o símbolo de habilidade, demonstração de orgulho. Igual a garçom que anota o pedido de memória e não erra prato, tradição que desaparece.

Ali, naquele barbeiro que tinha uma tabuleta anunciando unissex, revivi as conversas. Banco de táxi e cadeira de barbeiro: o País desfila por elas. Sabe-se de tudo: notícias, fofocas, opiniões.

Se eu fosse o Carlos Mateus, do Instituto de Pesquisas Gallup, mandaria meus técnicos andarem o dia inteiro de táxi e fazerem a barba o tempo todo, ouvindo a voz do povo. Não teriam nada de científico, mas haveria poesia. O Carlos Matheus que frequentou o Teatro Oficina em seu começo – sabiam disso? – ainda deve ter um pouco de poesia em seu interior, mesmo manobrando friamente os números. Atento ao plec-plec da tesoura, ruído que não se alterou em décadas, quase dormindo, ouvia os fregueses comentando: "Esse Sarney é mesmo um caronista da história. Foi presidente porque o Tancredo morreu. E agora, como papagaio de pirata, desceu a rampa junto com FHC e Itamar tirando casquinha".

Aliás, na quinta-feira, o Pérsio Arida teve a coragem de fazer o que poucos fizeram. Contou a verdade. O Plano Cruzado fracassou pela incompetência e ânsia eleitoreira do Sarney, a sarna. Essa mesma ânsia que o levou a mudar o domicílio eleitoral para poder se eleger. Mas, do mesmo jeito que gente como o Quércia foi rejeitada e alijada, chegará o dia do Sarney ser expulso pelas portas do fundo. E o Itamar? "Está lá, namorando sua menininha, contente da vida depois de deixar o povo contente.

A imprensa foi injusta com ele (concordei, também fui, deveria me retratar). Depois de tantos anos de presidentes carrancudos, estávamos desacostumados com bom humor, sorrisos, a irreverência, gozação. A história da Lilian Ramos? Quer coisa mais brasileira? Acabou a hipocrisia dos ditadores, os maus bofes..." E assim continuaram desabafando e, com este lado generoso que às vezes esquecemos, absolvendo tudo e todos. Porque a beatitude paira no ar, fazendo bem às pessoas. Tomara continue. Para que cadeiras de barbeiro sejam lugares para piadas e conversas jogadas fora, em vez de destilarmos irritação e teorias econômicas. Que alívio não ter de falar, todo dia, de inflação, aplicação, taxas. Que alívio!

15 de janeiro de 1995.

(Publicado originalmente com o título "Absolvendo o Brasil com a navalha no rosto")

CENAS DE RUA

NÃO MENTIR AOS LADRÕES

Vinha pela Avenida Paulista, levou um empurrão, perdeu o equilíbrio, conseguiu se recompor, sentiu que alguém enfiava a mão no seu bolso. O ladrão não alcançou o dinheiro, era uma dessas calças antigas, bolsos fundos. Também, não era tanto dinheiro assim. Mas era dele. Logo, ouviu alguém ao seu lado, indagando:

– Roubaram?

– Roubaram.

– Era muito?

Por que o sujeito queria saber? Era um tipo miúdo, cara de raposa, olhos ávidos. Por um momento, teve vontade de tranquilizar o outro. Mas por quê? E se fosse da gangue? Se tivesse vindo saber para informar os outros? Teve um repente.

– Era bastante. Dinheiro da empresa.

– Puxa... Mas quanto?

– Dez mil reais.

– Dez mil? No bolso? Você é louco?

– Era a melhor maneira de carregar. Saí do banco, se estivesse com uma pasta ou pacote, ia chamar a atenção.

– O senhor marcou bobeira.

– Fazer o que, agora?

O outro deu uma olhada firme, trazia uma expressão carregada. Ele fez uma cara de pasmado.

– Não me olhe assim. Fazer o quê?

– Nem adianta ir à polícia. A Paulista está um perigo.

O homenzinho se afastou, ele seguiu com o olhar, o sujeito virou a esquina. Ele teve vontade de ir atrás, ficou com medo. Pensou um pouco e seguiu, na esquina olhou para todos os lados e descobriu, a 50 metros, perto de uma banca de camelô, o homenzinho com cara de raposa dando uma dura em dois tipos mal encarados. Os três gritavam muito. Queriam se pegar. Meu Deus! O que tinha feito? Estava certo?

Seguiu para o cursinho, mal prestou atenção nas aulas, foi mal em uma prova. Na saída, avaliou bem a sua volta, antes de pegar a rua e correr para o ponto de ônibus. A condução demorou uma eternidade, à noite os ônibus são um inferno, chegam quando querem. Entrou, foi para perto de um bolo de gente. Sempre olhando pela janela, tentando ver se havia alguém seguindo. Passou uma moto, diminuiu a velocidade, dois caras olharam para dentro do ônibus, atentos e se foram. Ele tinha se abaixado no banco. Tremeu. Teriam descoberto? O que fariam?

Uma borboleta entrou pela janela aberta – na verdade, o vidro estava quebrado – e veio pousar no banco. Borboletas voam à noite? Dizem que elas dão sorte. Aquilo o acalmou um pouco, pensou que amanhã deveria jogar no bicho. Num cruzamento, havia uma batida, dois carros arrebentados, o pessoal do Resgate trabalhando concentrado. Duas motos emparelharam com o ônibus, os motoqueiros olhando para dentro. Agora são eles! Desta vez entrei bem. Por que fui fazer aquilo? Será que mataram o ladrão que enfiou a mão no meu bolso? Quando está na hora de repartir o bolo, eles são uma fúria.

Repartir o bolo. Uma expressão das seções econômicas do jornal. Bandido reparte o bolo? Ou ajusta contas? Estava mesmo preocupado com a provável morte do ladrão. Ele teria sido o causador, era culpado. Nunca mais poderia voltar à Avenida Paulista. Como? Era lá que trabalhava, amanhã teria de estar atendendo o pessoal às 9 horas. Melhor seria não sair para comer, durante uns dias. Pedir em algum *delivery*.

Na verdade, costumava comer numa dessas vans de esquina, que existem aos milhares pela cidade. Que besteira ter dito aquilo! Dez mil reais! Imagine! E se os caras acreditassem na palavra do ladrão? Descobrissem que tinham sido enganados?

E se tivessem matado o companheiro? Isso era insuportável. Saber que tinha sido responsável por uma morte. Na hora, imaginou que fosse uma doce vingança. Ficou tenso. Não dormiu. Ligava a televisão, a maioria das emissoras estava fora do ar. Não tinha TV a cabo. Não tinha comprimidos para dormir. Suava. O estômago revirava. Vomitou.

O dia amanheceu, ele tomou um longo banho frio, um café forte. Apanhou o ônibus, desceu na Paulista. Olhou em torno, a avenida estava meio vazia. O escritório não estava aberto, tinha chegado cedo demais. Caminhou até o lugar onde tinham enfiado a mão em seu bolso. Pouca gente. Não! O sujeito com cara de raposa não estava lá. Caminhou até o ponto onde os três tinham discutido. Olhou para o chão, procurando manchas de sangue. Andou para lá e para cá. Nenhuma mancha. Será que teriam morto o sujeito à noite, na periferia? Comprou jornais. Nenhum dos mortos estampados era um dos três.

Sentiu-se aliviado, entrou numa lanchonete, matou a fome. Tudo estaria bem. Os ladrões hoje estariam atrás de outros bolsos, nem se lembrariam da cara dele. Fez hora, até ter a certeza de que o escritório estava aberto. Trabalhou normalmente e saiu com a turma para comer na Van, na esquina da Ministro Rocha Azevedo. Os amigos se foram, queriam jogar na dupla sena acumulada, ele pagou e seguiu ainda tomando o suco de uvas. Sentiu um empurrão, percebeu que enfiavam a mão no bolso, tiravam o pouco dinheiro que trazia. O bolso, nesta calça, era raso. Que vacilada! Então, ouviu uma voz sarcástica: "Dez mil, hein, pé de chinelo? Dez mil. Te cuida. Não vai passar um dia sem que você não seja assaltado aqui, até a gente chegar aos 10 mil..."

18 de outubro de 2002.

UM DOM-JUAN DO COMÉRCIO

No Frevinho, estava recebendo o cardápio, quando ele chegou. Pontual. Basta eu começar a escolher comida, ele se aproxima, senta-se ao meu lado. Não sei como se chama. Em geral, na hora do almoço, as mesas estão cheias, fico no balcão. Nem se acomodou e já me pergunta:

– Viu a morena que saiu?

– Como posso ver? De costas para a porta?

– Um estouro!

Ele usa gírias antigas. Deve ter uns 57 anos. Informa:

– Trabalha na H. Stern. Estou para descobrir o nome.

Peço o tradicional beirute do Frevinho. A lanchonete que está igual desde os anos 50, quando era *point* dos *boys*.

– Olha ali! Fotografa a loira em frente ao Bob's. Sabem quem é? Trabalha na loja de tecidos, duas quadras acima. Cleonice, 23 anos, vai mudar de emprego. Uma gatona!

O beirute vem, ele fica olhando. Tão gulosamente que me sinto mal, ofereço. Ele aceita um pedacinho, já almoçou.

– Queria é almoçar a morena que trabalha na loja 24 da galeria.

– Que loja 24?

– De cabeça, não sei! Marco as lojas pelas funcionárias. Tem loja que nem passo em frente, por causa dos buchos.

Estouro, gatona, bucho, almoçar a mulher. Pergunta se pode dar um gole no guaraná, digo que sim, ele pede ao garçom copo com gelo e uma rodela de laranja.

– Se quiser subir a Augusta, vou te mostrar a mina nova que trabalha nas Lojas Brasileiras. De fechar o comércio. Já passei por ali três ou quatro vezes, ela se impressionou com a pinta do papai. Finjo que não vejo. Mulher quando sente que o homem não dá bola, fica alucinada. Caiu na minha.

Estou no segundo pedaço do beirute, ele continua olhando o que ainda está no prato. Esse não dou! Mina, de fechar o comércio, pinta de papai, não dar bola, caiu na minha. Ele hoje está demais. A cada dia, senta-se ao meu lado e é a mesma conversa. Conhece o comércio inteiro da Rua Augusta e transversais.

– Se quiser andar aqui com o papai, vou te mostrar as minas que trabalham nas lojas de importados.

Desfila uma série de nomes. Abre uma cadernetinha. Tem mulheres da Pastelândia, da Rose Beef, do Bob's, das lojas de informática, livrarias, papelarias, casas de joias, fantasia, de maiôs e biquínis, butiques de traquitanas, cabeleireiros. De repente, ele estende a mão para o pedaço de sanduíche.

– Não vai comer?

– Vou, claro que vou. Como devagar.

– Pois como depressa, é o meu mal. E tomo muito líquido nas refeições. Por isso a barriguinha.

Barriguinha era modéstia. O barrigão não o deixava se aproximar do balcão.

– Espera, espera! Olha que pedaço de mulher está entrando. Chama-se Nereide, trabalha num antiquário; só sai com homens que tenham carrões.

– Portanto, nenhuma chance para você?

– Vou devagar! Conquisto pela conversa, gentileza, com flores, chocolates Godiva, bilhetinhos com poemas.

– E as mulheres ainda gostam dessas coisas?

– Adoram, adoram. Mulher é sempre mulher.

É mentiroso, sempre mentiroso, penso comigo. Onde esse sujeito vai arranjar dinheiro para chocolates Godiva? Não tem nem para um Sonho de Valsa, ou um Prestígio rançoso de camelô que passa o dia ao sol escaldante. Sol escaldante? Estou parecendo o sujeito aqui, com seu pedaço de mulher.

– Estou pensando em mudar de região. Passei 12 anos nesta, passei todas as mulheres na cara, tenho uma agenda incrível. Se você tivesse minha agenda, sairia todo dia com uma mulher diferente.

A cada dia eu estaria esperando na porta de uma loja diferente, uma butique, uma galeria. Seria conhecido como o dom--juan do comércio. Dom-juan? Essa foi boa. Nunca mais vou deixar o cara, digo o sujeito, o tipo, o camarada (Por que não encontro palavras novas, atuais?), nunca mais vou deixá-lo se sentar ao meu lado. Entrego a ele o pedaço do sanduíche, que faça bom proveito.

8 de março de 1998.

ENCONTRO DE RUA

O gordo de óculos pulou à minha frente, diante do Conjunto Nacional. Abriu um dos braços, o outro estava ocupado com jornais e uma sacola de perfumaria:

– Brandão!

Levei um susto pelo grito e me surpreendi com o Brandão. Ninguém me chama pelo sobrenome, nem em Araraquara. Lá Brandão era meu pai, os pais é que contavam, os filhos eram chamados pelo diminutivo, Brandãozinho, ou apenas se referia a nós jovens como o filho do. O gordo foi ao assunto:

– Não gostei do seu livro!

Direto, na lata (por que na lata?)

– Por que não gostou?

E ele categórico:

– Não é o velho Loyola!

Decerto queria dizer que não era o jovem Loyola, o de antes. Enfático (desculpem-me, os adjetivos são necessários) acrescentou:

– Não se incomoda por eu ser sincero?

– Claro que não! Até gosto de saber quando não gostam. Se gostam, tudo bem, o livro deve ter seduzido. Se não, quero saber o porquê.

– Achei o início arrastado.

– E depois?

– O final é bom. Gostei do final mesmo. Ah, gostei!

Era reiterativo, parecia satisfeito.

– E do meio? O que achou do meio?

– Tem coisas interessantes e desinteressantes.

Certo de que tinha me dado uma explicação plena se apresentou:

– Sou... (disse o nome)... primo do (um publicitário famoso)... Já nos encontramos uma vez, mas eu era magro, bem magro, não usava óculos, tinha cabelos lisos.

Agora, faltavam-lhe os cabelos. Insisti:

– Fale mais do livro. Os personagens. Alguns o agradaram? Qual o pior? De que livro você fala?

– Desse que você escreveu. Esse aí, todo mundo sabe qual.

– Sim, mas o título?

– Olha, li o livro há 15 dias, não me lembro direito. Deu um bloqueio. Mas tenho em casa, se você me ligar, te digo tudo. Me liga.

– Está bem, te ligo.

– Então anote o telefone.

– Não tenho onde.

O gordo não hesitou, estendeu o braço, parou um senhor que vinha de braços com uma jovem de minissaia curtíssima. O gordo babou nas pernas da moça e pediu ao homem:

– Me empresta a caneta. E um pedaço de papel.

Surpreso com o inesperado o homem tirou um pequeno bloco e uma caneta, o gordo escreveu o telefone e me entregou.

– Gostava mais quando você falava da banca de jornais da esquina da Bela Cintra.

Mistério! Que banca seria essa? Em que livro está? Ele não me deu tempo, voltou à carga.

– Li *Viva o povo brasileiro*, do Darcy Ribeiro, não gostei. Você leu? Quem sou eu para criticar Darcy, mas ele dedicou apenas quatro linhas aos imigrantes. Tanto você quanto eu sabemos a importância da imigração.

Será que eu sei? Pensei cá comigo (E como será pensar contigo?) E se o João Ubaldo souber que foi o Darcy que escreveu o livro dele?

– E a biografia do Garrincha? Leu? Conhece o Ruy Guerra? O Ruy não sabe nada de futebol, o livro dói escrito com base na leitura de jornais. É só resultado de jogo. E depois aquela de defender a Elza Soares! Me poupe!

Se o Ruy Guerra escreveu Garrincha, o Ruy Castro deve ter dirigido *Os cafajestes*, pensei, sempre comigo. Não podia pensar com o gordo.

– Então, Brandão, me telefona! Telefona mesmo! Vou cobrar esse telefonema. E me liga. Vai fazer algum lançamento?

– Não.

– Pena! Mas quando pretende voltar ao romance?

Não esperou a resposta, mesmo porque resposta eu não tinha a dar. Foi embora levando o mistério: que livro leu, se é que leu? E será que sou o Brandão que ele pensava ou seria o Ambrósio Fernandes Brandão? Mas, se é esse, porque ele não gostou do *Diálogo das grandezas do Brasil*, um livro de 1618? Ou imagina que o *Diálogo* foi escrito pelo Brandão, o falecido técnico do Corinthians? Estou com o telefone na mão. Disco para o gordo?

26 de novembro de 1995.

NADA É O QUE PARECE SER

Encontrei a pedra perto de uma falsa banca de jornais e achei que ia dar sorte. Em São Paulo, elas estão por toda parte. Descobri por causa da minha ingenuidade ao passar por uma falsa banca e perguntar se tinha o primeiro volume da coleção Erico Verissimo que está sendo relançada. A morena vestindo um bustiê e um jeans apertadíssimo olhou-me espantada. A boca exibia um batom preto, excitante.

– O que o senhor quer?

– O primeiro volume da coleção do Verissimo.

– Não entendo.

Do chão da banca vinha o som, em volume razoável, de Elba Ramalho cantando "Chameguinho", primeira faixa de seu último CD, *Flor da Paraíba*.

– Verissimo? É o motorista do ponto da esquina, o português careca que buzina sem parar?

Talvez ela não fosse jornaleira e sim a amiga que ficou tomando conta da banca enquanto o dono foi tomar café.

– Você é da banca?

– Sou. Por quê? O que há, está invocando comigo?

– Só quero um livro que não encontro em lugar nenhum.

– Se não encontra, não tem. Aqui não é banca de livro.

– É livro vendido em banca. O *Incidente em Antares*.

– Aconteceu um acidente na Antártica? Toma Brahma. Qual é a sua? É tira?

– Tenho cara?

– Ninguém mais tem cara de nada. Tira parece padeiro, banqueiro parece jornaleiro, médico parece advogado. Todo mundo dando trambique, vejo isso na hora de pagar. Ninguém quer pagar.

– Pagar o quê?

– O senhor é de onde?

– Moro na esquina.

– Na esquina desse ou do outro mundo? Pensa que esta banca é o quê?

– De jornal.

– Está vendo algum jornal aqui?

– Tem revista.

– Olha bem!

Tudo refugo, revistas antiquíssimas, poderiam estar em qualquer consultório de dentista, médico. Gibis amassados, *Manchetes* desbotadas, *Seleções* manchadas.

– Não vendo revistas... Pô, cara, tirou o dia para me encher? Comecei mal a segunda-feira!

Acontece que na segunda-feira sempre acordo sonso. Tenho ojeriza pelo dia. A segunda-feira não devia existir, devia funcionar como uma câmera de descompressão. Começar a semana na terça, mais aliviado. Aliás, a semana nem devia começar, devia se compor apenas por dois dias, o sábado e o domingo. A morena de batom preto inclinou-se, seu bustiê abriu, me ofereceu visão total, Elba Ramalho cantava. Eu dou a minha face para bater.

– Pode me dizer então para que é essa banca?

Nesse momento me assustei. E se fosse um ponto de droga?

– Quer o quê? Fazer uma milhar?

– Milhar? Ah. É isso. Vou fazer uma milhar.

– Que número?

– Bem, acabei de achar uma pedra. Bonita!

Era uma pedra transparente, brilhante, lilás. O que seria? Corresponderia a algum número?

– Quer me dar?

– Não. Quero que me diga um número que corresponda a ela.

– Pode ter caído com a chuva de ontem à noite. Foi granizo.

– Granizo é gelo.

– Minha mãe disse que, para engravidar de mim, deixou um monte de pedras debaixo do travesseiro do meu pai. O senhor acredita?

– Bem, você nasceu.

– Me dá a pedra, te faço um jogo. Barato, mas faço.

– Jogo em que número?

– Quando o senhor nasceu?

– 1936.

– 1 + 9 + 3 + 6 dá 19. 1 + 9 é igual a 10. 1 + 0 é igual a 1.

Ela fez cálculos, assinalou uma série de números, não entendi, nunca tinha jogado no bicho, só sei que no dia seguinte ela me pagou 200 reais. Desde esse dia ando procurando pedras pelo chão. Talvez se comprar uma picareta e começar a cavar pelas calçadas. Já se cava tanto nas cidades, as ruas estão cheias de buracos. Serão outros caçadores de pedras?

22 de novembro de 1998.

A JOVEM E A VIDA POR VIR

No dia em que os aviões mergulharam nas torres nova-iorquinas, ao sair à rua para vir trabalhar, dei com uma jovem, adolescente, grávida. Ela acariciava a barriga. Passava a mão ternamente sobre o próprio corpo, como se quisesse transmitir carinho ao bebê em seu interior. Lá dentro, a criança não sabia de nada. Não tinha informações sobre o mundo que virá habitar dentro de pouco tempo. Ao menos, me pareceu que faltava pouco para aquela jovem dar à luz.

Enquanto somos bombardeados, aqui fora, sem refúgios, proteção, abrigos e segurança, atingidos por milhões de informações e notícias sobre notícias, e comentários e interpretações e análises e avaliações que nos atordoam, aquela criança estava a salvo, nada sabendo ainda sobre a vida e o mundo. Se é que ela vai encontrar um mundo ao nascer. O que o bebê recebia eram os carinhos da mão alisando docemente a barriga, enquanto a quase adolescente sorria. Era feliz. Alguém era feliz no mundo, naquela quarta-feira, no dia seguinte ao da implosão das torres nova-iorquinas.

Se medo e pavor e insegurança e inquietação e angústia e temores e interrogações e dúvidas, questionamentos doessem, o mundo estaria urrando em torno daquela grávida que alisava a barriga numa tarde de setembro de 2001, na Rua João Moura, em São Paulo, Brasil, mundo, universo.

A adolescente que acariciava sua criança sem rosto não tinha medo de nada. O mundo está em polvorosa? Qual! A palavra polvorosa não faz parte de seu vocabulário, é antiga, de gente velha. Gente que não acredita, não tem esperanças. O mundo, para ela, começou ontem. O mundo, para seu filho (ou filha), vai começar amanhã. Ruim? Que outro mundo aquela criança que vai nascer conhece? Nenhum.

Este será o mundo dela! Portanto, normal. Se o mundo se acabar e essa adolescente grávida estiver viva e dar à luz, o mundo que a criança vai conhecer será vazio, deserto. Terá talvez prédios, casas, pontes, porque as bombas modernas não destroem construções.

O homem é um gênio. Fabrica bombas que matam apenas humanos e, certamente, animais. Por que não poupar os animais, criando bombas que matem somente seres pensantes? Se assim for, quanta gente vai se salvar! Quantos pensam? Raros! Se alguém pensasse, as torres não teriam sido destruídas, governos não estariam à procura do inimigo invisível, aquele que não dá sintomas, como o aneurisma, que estoura de repente, matando ou provocando sequelas agudas, provocando invalidez e cegueira, mutismo ou nos transformando em vegetais.

Se o mundo se acabar amanhã no confronto Estados Unidos e seu inimigo, seja ele quem for, se acaso esse inimigo for descoberto, essa criança tem uma chance de nascer numa Terra desabitada e livre. Nascer sem saber o que é o mal e o bem, o que é ruim e bom, o que é feio e belo.

Por minutos, naquela tarde, imaginei que eu estava diante da gravidez que vai produzir a criança encarregada de repovoar o mundo, reaprendendo a viver. Uma pessoa que vai formar conceitos de vida e de filosofia. E criar o bem e o mal, a partir do nada. Será que não estamos flutuando, agora, neste momento, sobre o nada? O que fizemos para dizer não a uma guerra, não à mortandade que se avizinha, não às crueldades, ao terror, ao horror, ao suicídio? Nada.

Estamos pensando, conversando, comendo, bebendo, fazendo amor, passeando e vendo televisão, à espera. Do quê? Do nada? Do zero absoluto? Da paz? Que paz? Queremos paz e que paz temos dentro de nós? Estamos em guerra conosco e ansiamos por paz. Enquanto não a encontrarmos dentro da gente, de nada vai adiantar. Paz é o que vive aquela criança no ventre de uma adolescente risonha, que acariciava a própria barriga, enquanto prédios implodiam e o mundo estremecia e sentia (sente) medo.

Medo que vem da esquina de nossas casas, vem do que acontece em Brasília que nos lança, a cada dia, ataques de terror, medo que vem da distante Nova York e nos chega pelas imagens da televisão, como se fosse novela. Só que amanhã não virá de lá, longe. Virá aqui do lado! Onde será que vai nascer aquela criança? Como se chamará? Vou ver de novo essa anônima adolescente que carrega dentro dela a vida por vir? Terei tempo de vê-la e ela de nascer?

5 de outubro de 2001.

FOI COMIGO MESMO

ÓCULOS PRISIONEIROS NA VITRINE DE PARIS

Duas semanas atrás, uma das últimas visões que tive de Paris foi a dos meus óculos, prisioneiros na vitrine de uma pequena loja de decorações, na Rue du Cherche-Midi. Naquele momento pensei no destino dos meus óculos, ao longo de minha vida. A frase é imponente, mas em vez de tragédia encerra episódios pequenos e curiosos. Passei a usar óculos aos 41 anos, depois de montar a estrutura de um *Dicionário biográfico universal*, DBU, editado e vendido pela Editora Três, ainda que minha assinatura tenha sido excluída – sem que o Alzugaray soubesse – por um editor malandrão. Tive de ler 10 mil páginas da Enciclopédia Britânica, com seu corpo 6. No final, meus olhos tinham cedido, cansados de percorrer a história do mundo.

Em 1984, fui ao Rio de Janeiro para lançar, na Livraria Dazibao, *O verde violentou o muro*, sobre Berlim. Chovia. Acabei perdendo o horário da última ponte aérea e decidi voltar de ônibus, tinha um compromisso cedo, no dia seguinte, em São Paulo. Nenhuma bagagem, apenas uma sacola de livraria, com uma camisa, um caderno, livros. Nela, coloquei os óculos. Na hora de ir embora, uma amiga, Suzana Vieira, a atriz, pediu: "Já que vai para a rodoviária podia me deixar em casa, é caminho". Ela morava então na Rua Voluntários da Pátria. Apanhamos o táxi, deixei Suzana, segui. Comprei minha passagem, um jornal e fui ler. E os óculos? Revirei a sacola. A única possibilidade era ter caído no táxi. Ou teria esquecido na livraria? No dia seguinte, liguei para a Dazibao. Não, não estava lá. Tinha perdido mesmo. Passei a usar o reserva, depois de ter mandado fazer outro.

Uma tarde, meses depois, me ligam da recepção do Hotel Eldorado Higienópolis. "Dona Suzana Vieira passou por aqui e deixou uns óculos para o senhor. Pode vir buscar?" Assombrado, liguei para o Rio, não encontrei Suzana, demorei a apanhá-la em casa, estava fora, gravando. Finalmente, consegui. E ela contou. Estava na Avenida Nossa Senhora de Copacabana e fez sinal para um táxi, ia para o aeroporto. Quando entrou, o motorista a reconheceu: "A senhora uma noite apanhou meu táxi com um amigo, um homem de cabelos brancos. Ele ia para a rodoviária, a senhora ficou na Voluntários da Pátria. Não foi?" Ela se lembrou, concordou. O homem abriu o porta-luvas e entregou meus óculos. "Encontrei no banco de trás, aquela foi minha última corrida. Fui algumas vezes à Globo, tentar falar com a senhora, o porteiro não me deu atenção, claro, achava que eu era um fã chato. Cada vez que passava pela Voluntários, tentava localizar o prédio, não consegui. Então, pensei: ela vai pegar meu táxi, um dia destes. E aí está a senhora."

Desta vez, ao voltar de Hamburgo, dei uma passada de quatro dias em Paris. Minha passagem dava direito, por que não? Andei que andei, vi nas livrarias e bancas todas as edições especiais comemorativas dos 100 anos do cinema (que os americanos ignoraram no Oscar, porque negam a patente de Lumière), percorri pequenas lojas de postais – uma de minhas manias –, fui a um concerto na igreja de Saint Julien-le-Pauvre. Uma tarde, sexta-feira, chovia, vi numa pequena papelaria, na Rue du Cherche-Midi, onde morava meu filho André, postais com cenas do filme *Quai des Brumes*, de Marcel Carnê, com Jean Gabin e Michele Morgan, um dos filmes que marcaram minha adolescência. Entrei, comprei, coloquei os óculos para pagar, saí, enfiei os óculos no bolso. Depois, verifiquei que não tinha enfiado no bolso. Voltei correndo à papelaria, imaginando ter esquecido lá. Não tinha. Olhei pelo chão. Nada.

Dia seguinte, sábado, saí para comprar uma baguete e quando olhei, inadvertido, para a vitrine da loja de decoração Gaston Borras, o que vejo na vitrine? Meus óculos, expostos. Eles devem ter caído na calçada, alguém os encontrou, entregou, a loja os expôs, prevendo que o dono poderia passar por ali e retirar. Era sábado, a loja só reabriria na segunda-feira, às 10 da manhã. Naquela tarde, eu embarcava de volta. Na segunda-

-feira, ao entrar na redação de *Vogue*, em São Paulo, pensei em meus óculos, prisioneiros de uma vitrine em Paris. Não estavam à venda, estavam me esperando. Até quando?

2 de abril de 1995.

O MISTÉRIO DA RECEITA

No meio de uma reunião com Andrea Carta, discutindo a pauta de uma *Vogue* que vai abordar o novo poder no Brasil, o terceiro setor, a secretária me comunicou:

– Estão chamando de sua casa.

– Minha mulher?

– Não, sua empregada.

Levei um susto. O que estaria acontecendo para ela me ligar, interrompendo uma reunião? Um credor esquecido? Um acidente caseiro? Outro dia, eu estava fazendo o café da manhã, antes de ela chegar, e a gata Marieta saltou sobre o fogão, na beiradinha da panela de água fervente. Por um triz, como se diz em Araraquara, não se escaldou toda! Ou então, um dos gatos (agora temos dois, o Chico e a Marieta) teria caído? Mas, colocamos tantas redes em torno!

Atendi logo, a Andrea é paciente, dirige as reuniões com bom humor e tranquilidade, mantém sempre uma atitude zen.

– O que foi Alzeni?

– O senhor pode me dizer o que significa enquanto isso?

– Enquanto isso?

– É.

Ela precisava interromper uma reunião para saber o que significa enquanto isso?

– Não entendo. Por que você precisa saber disso agora?

– É que estou fazendo a receita de sopa de abóbora e aqui está escrito enquanto isso.

– Sim. E depois?

– Depois nada. É o fim da página.

– Fim?

– Na outra página vem outra receita.

– Veja a numeração, procure a página seguinte.

– Não tem numeração.

Então, lembrei-me de que as receitas de sopas para o inverno tinham-me sido enviadas por e-mail pela minha nutricionista Heloisa Vidigal Guarita, que me fez perder seis quilos em tempo recorde, sem um único medicamento, sem nenhum sacrifício, sem me fazer passar fome. Claro que diminuí a espantosa quantidade de pastel de feira que ingeria semanalmente. O e-mail certamente tinha cancelado a numeração de páginas.

– Bem, o que quer dizer enquanto isso?

– Me leia a receita.

– Está aqui. Os ingredientes. 750 gramas de abóbora picada ou duas morangas de 500 mg. O que quer dizer mg?

– Tem a abóbora?

– Tem.

– Esqueça o mg da moranga. O que mais?

Ela foi lendo: leite desnatado, colher de chá de sal, uma cebola média picada em fatias bem finas, e assim por diante.

– Acabaram os ingredientes?

– Sim.

– O que vem agora?

– O modo de preparo.

– O mais importante. O que diz?

Ela continuou: coloque a abóbora ou a moranga numa panela grande junto com o leite e o sal e cozinhe em fogo médio. Então vinha a frase fatídica:

– Enquanto isso... e fim da página.

– Nada mais?

– Nada. O que quer dizer enquanto isso?

Meu professor de português, o Jurandir Gonçalves Ferreira, que seguia a gramática do Eduardo Carlos Pereira ao pé da letra, teria respondido: é uma conjunção temporal. Diferente era o pensamento do Machadinho, apelido do Joaquim Pinto Machado (costumava, no primeiro dia de aula para uma classe de mulheres, perguntar à aluna mais tímida: você apanha o Machado e corta o Joaquim. Fica com o que na mão?), que lecionava química e português e seguia o Silveira Bueno que, por sua vez, era o ídolo do terceiro monstro sagrado da gramática em Araraquara, o Machadão (para não confundir com o Machadinho), temível e exigentíssimo. Machadinho teria acrescentado que se trata também de uma conjunção proporcional ou uma conjunção conformativa. Eu ia dizer uma coisa dessas para a Alzeni?

– Bem... enquanto isso quer dizer ao mesmo tempo.

– Ao mesmo tempo o quê?

Boa pergunta. Claro que enquanto estava cozinhando ela deveria estar preparando de alguma maneira os outros ingredientes. Como? Em que ordem?

Deveria dourar o alho? Fazer o quê? Logo eu que não sei cozinhar, apesar de ter dezenas de livros de cozinha que leio como se fossem romances, é uma curtição. Ligar para um *chef*? Afinal, na revista *Vogue* conhecemos tantos, de tempos em tempos fazemos cadernos especiais. Chamar o Alex Atala, o Bassoleil, o Boseggia, o Quentin, o Laurent ou a Carolina Brandão, tão jovem e já na carreira, a Roberta Sudbrack? Seria ridículo, por causa de uma sopinha de abóboras que qualquer cozinheira tira de letra. Se tivesse dito para a Alzeni: faça uma sopa de abóboras, ela teria feito do modo dela. Mas inventei de dar a receita, deixei-a em palpos de aranha. O que são os palpos da aranha? Por que a gente diz coisas que não sabe? Palpos. Ora essa!

– Enquanto isso, você vai fazendo outra coisa.

– Que outra coisa? Preparando outra comida? Limpando a cozinha? Arrumando a geladeira?

– Acrescente os outros ingredientes.

– Em que ordem?

– Ponha tudo junto.

– De uma vez?

– De uma vez!

Os outros participantes da reunião me ouviam dizer coisas estranhas, falar de temperos, alhos, cebolas, o tempo passava, o diretor comercial me olhava, o diretor de *marketing* sorria, o diretor de projetos especiais bocejava, o diretor de arte desenhava, o editor de textos tinha estampada uma expressão perplexa: e esta agora? Andrea Carta, ao celular, falava com uma agência.

Alzeni me deu um qual é.

– Coloco tudo junto?

– Coloca!

– O alho, o orégano, as folhas de louro?

– Coloca!

– Já se viu que o senhor não entende nada de cozinha. Esquece o enquanto isso, deixa pra lá, vou acabar a sopa. Mas providencie o resto da receita. Que se hoje não der certo, vou refazer.

Terminou do jeito dela e ficou ótima, porque quem sabe, sabe. Até hoje não pedi ainda à nutricionista a página faltante, nem conferi as outras receitas. Pode ser desbundado assim?

27 de junho de 2003.

PROIBIDO DE MORRER

Estou deixando de existir. Aos poucos um indício aqui, outro ali, mostram que a sociedade possui artifícios com os quais isola pessoas, cercando-as e condenando-as a um limbo. A este lugar onde não sou, mesmo sendo. Onde não existo, mesmo pensando. Cogito, ergo. Uma citação assim me torna intelectual profundo. Depois dizem que crônica é gênero superficial. Em lugar de elucubrações de ensaísta universitário, vamos aos fatos. Recebi da escola onde minha filha estuda um folheto que me interessou. São poucos os panfletos que não vão para a cesta, nesta sociedade de malas diretas. Diretas a quem? Ao lixo? Vale a pena gastar tanto papel?

Desvio-me, como sempre. Os leitores estão acostumados. O folheto era da seguradora. Propunha, caso eu morresse ou me acidentasse, encarregar-se de completar os estudos de minha filha, mediante o pagamento de uma quantia anual. Mensalidades, material escolar, extras, o necessário. Como educação é o primeiro problema que angustia um pai (e por que o governo não se angustia?), estava começando a preencher os papéis, quando minha mulher chamou a atenção para um detalhe. Somente pais até 55 anos podem segurar os estudos dos filhos. Depois dessa idade, somos considerados mortos. Como tenho 59, caminhando para os 60, estou enterrado, sou esqueleto na tumba, podem guardar meus alvos ossos.

Até este momento e fiz recentemente um *check-up*, minha saúde é excelente, a não ser os inevitáveis estragos que a idade produz aqui e ali. Pressão que se altera, insônia numa e noutra noite, má digestão se durmo depois de um jantar pesado, menos cabelos, vista cansada. Nada que possa me causar a morte imediata, vamos convir. De vez em quando, olhando necrológicos de jornal (epa! Lendo necrológio?), vejo um número imenso de pessoas mais jovens, mas muito mais, morrendo. Morrer vamos todos, diz o clichê da vida.

Só que me condenam à morte antes. Uma pessoa de minha idade, se cair no desemprego tem dificuldades imensas de trabalho. Para as seguradoras somos carta fora do baralho. Somos risco. É como se tivéssemos Aids. Sofremos os preconceitos. Não temos mais direitos. Quero e posso pagar o seguro-escola, o que me deixaria um pouco mais tranquilo. Só que não me aceitam. Tenho um mal incurável que se chama 59 anos. Não adianta fazer plástica, mostrar o rosto rejuvenescido. O que conta é o RG implacável. Tempos atrás, quando estava em busca de financiamento para casa própria, deparei com uma cláusula em que, pela minha idade na época, declarava aceitar financiamento sem o seguro. Ou seja: todo mundo que compra imóvel, se morrer de repente, fica com a propriedade quitada perante o agente financiador. A viúva amparada não precisa pagar prestação.

Mas como tinha 57 anos no momento do pedido e como solicitava 15 anos de prazo (a fim de ter mensalidade razoável), eu ultrapassaria os limites de idade permitidos pelas seguradoras. Porque há uma fronteira concreta que me cancela do mundo vigente. Desde então, todos os dias me belisco para saber se estou vivo. Estou, muito bem. Se me acontecer essa chatice de morrer, se por acaso, para pentelhar os outros, eu vier a faltar, a Márcia vai ter que se virar para pagar prestação. Tudo porque tenho 59 anos.

E com esta peste de idade não me permitem segurar os estudos de minha filha. O que me obriga a viver. Nem pensar em fugir da raia. Segurar-me com unhas e dentes, pés e mãos, nariz e olhos e orelhas nesta vidinha que possuo. Tenho de viver, no mínimo, até os 72 anos. Não existe possibilidade de ir embora sem mais nem menos. Tentarei transplantes de coração, fígado, estômago, pulmões, braços e pernas, olhos. Recorrerei a tudo para estar vivo.

Todavia, refletindo melhor, vejo o lado positivo das coisas. Não sou tão amargo como me acusam. Talvez as seguradoras pensem nisso: impedindo pessoas de minha idade de serem seguradas, provocam um apego desmesurado, infinito pela vida. Sabemos que não podemos morrer, temos de estar aqui para pagar as prestações das casas e as mensalidades das escolas, as contas de luz e gás. Mesmo quem esteja no fundo do poço e não encontre nenhum sentido na vida, acaba se agarrando a este: a necessidade de pagar. Ah, benditas seguradoras que nos prendem à vida!

10 de dezembro de 1995.

A GENTE NÃO PROMETE MUDAR, A GENTE MUDA

Promessas para o começo do ano. Não há nenhuma. Mudar de vida? De ares? De emprego? Mudar de amor? De cidade? De país? De casa? Mudar meu temperamento? Meus cabelos? Meu ritmo? Mudar de partido político? Mudar o time para o qual torço? Mudar o jeito de vestir? De andar? Mudar meus hábitos? Mudar de bares e restaurantes? Mudar o número de telefone? Mudar as revistas que costumo comprar? Mudar de autores preferidos? Mudar de religião? Mudar a letra? A voz? Os dentes? As cores favoritas?

Mudar de casa? É uma trabalheira. Escolher transportadora, pedir orçamentos, suportar os embaladores em casa, pegando cada peça de sua intimidade, todos à vontade pelo quarto, banheiro, cozinha. Além do mais, gosto da minha casa, a Márcia, minha mulher, fez reformas que deram ao apartamento uma cara de sobrado de vila. Claro que não é nada para aparecer na revista *Caras*!

Mudar de emprego, então? De cara vão me barrar pela idade. Sessenta anos para as empresas, hoje, é mais do que hora de se aposentar. O que aprendi, o que sei, a experiência, nada disso vale. O que, talvez, provoque medo é que detectamos logo sacanagens que costumam fazer.

Mudar de cara demanda encontrar um bom cirurgião plástico e pagar hospital, porque os convênios não cobrem as melhorias do nosso rosto ou corpo. Também não faria plástica. Convivi tanto com este corpo e este rosto, me acostumei. Vou ficar como estou. Não que goste, mas também não desgosto. Gosto mais do que desgosto. Ainda que, ao ver a agenda simpática da Attachée de Presse, com fotos de Renato dos Anjos, mostrando redações e jornalistas, tenha me achado horrendo, com cara de ET. Vai ver, sou um ET. Aliás, a ideia da Daysi Bregantini foi divertida. Com quem tratam as assessorias? Com os jornalistas. E assim, estamos todos lá. Na abertura do mês de fevereiro, emoção e saudade ao rever Regina Lemos.

Mudar a maneira de vestir? Só ligando para a Glorinha Kalil, autora do manual *Chic,* e pedindo socorro. Glória sabe tudo de elegância. Ela jogaria fora meu mais que modesto guarda-roupa? Jogar tudo significa jogar nada, minhas poucas calças e camisas não combinam entre si, não combinam com coisa alguma, por isso não tenho problemas. Visto e saio. A doce Costanza Pascolato, quando me vê na *Vogue*, sempre tem um riso entre maroto e irônico. Sei que o importante é a cabeça, o que está dentro, mas uma roupinha um pouco melhor bem que ajudaria. E a preguiça? Se entro numa loja, morro de vergonha de pedir para ver mais de uma camisa, acho que estou dando trabalho, perturbando. Se bem que certas lojas nos dão exatamente esta impressão: consideram o cliente um chato.

Mudar demanda tempo e paciência. Para mudar a cor dos cabelos terei de ficar no cabeleireiro ouvindo conversa mole, fofocas, lendo um monte de revistas velhas. E teria de escolher a cor, o cabeleireiro diria que é uma, eu diria que é outra. Os outros adoram determinar o que é bom para nós.

Mudar de ares. Cada vez que deixo a cidade e mergulho numa atmosfera límpida, saudável, meus pulmões estranham, começo a tossir, tenho pigarro. Vício é vício, poluição vicia, o organismo estranha. O silêncio me mantém acordado, eu que me acostumei com buzinas e sirenes. Ou seja, estou condenado, e aceito a minha cruz como dizia Maria, minha mãe. Que não é cruz coisa alguma. Gosto desta cidade. Deteto, mas gosto, não a abandono, tem coisas aqui que não se encontram em nenhuma outra parte. E tem coisas difíceis de se encontrar aqui. Como tamarindo ou pitanga. Ou troco nos ônibus.

Promessas de fim de ano. Nenhuma. Continuar como estou. Vivo. Porque descobri este ano o que significa estar vivo, poder continuar por aqui, em meio a todos os problemas, preocupações, ansiedades. E prazeres. Os prazeres assumem dimensões inusitadas, pequenas coisas oferecem grandes prazeres. E nem ligamos por escrever lugares-comuns como estes. As promessas são prisões, temos de cumpri-las, ou então nos autoflagelamos por não mudarmos.

Aliás, a gente não promete mudar. A gente muda. Assim. De um momento para outro percebe que, como está, não dá mais. E então, parte para outra. Para mim, a outra é viver.

29 de dezembro de 1996.

SEM FANTASIA

O PRESIDENTE VAI AO LIXÃO

Naquele país, os lixões começaram a proliferar como cogumelos *shitake*, favorecendo a vida de milhares de pessoas em cada cidade. "Inexplicável, inexplicável", vociferava o presidente da nação. Enormes terrenos nos subúrbios eram ocupados pelos restos deteriorados das mesas, cozinhas e despensas: carnes, peixes, frangos, macarrão, arroz, feijão, leite, frutas, iogurtes, queijos, salsichas, salames, pães, biscoitos, latas, embalagens plásticas, papéis velhos, plantas. Quando tudo chegava, trazido pelos caminhões, os viventes da imundície estavam a postos.

Lutavam entre si na disputa do pódio. Esse era o monte maior de coisas podres e fedorentas que se amontoavam no momento em que as carrocerias inclinadas se abriam. Quando os primeiros viventes avançavam, recebiam sobre a cabeça os restos úmidos de tudo o que a cidade rejeitava. Pouco importa. O essencial era tentar resgatar preciosidades, o que tinha validade, o que podia ser comido (o começo era difícil, depois se acostumava) e o que podia ser vendido. Lutavam homens contra homens, mulheres contra homens, crianças contra crianças, velhos contra crianças.

Batalha sem trégua, acordos, sem convenção de Genebra, sem ética. Os pés enrolados em plásticos, metidos em tênis furados, botas encontradas em outros lixos, calças imundas, quando acabavam a recolha estavam lambuzados, enlameados e caminhavam até riachos próximos, nos quais se lavavam como podiam, tiravam o grosso. Dentro da aparente selvageria, muitos eram pessoas simples que odiavam aquela maneira de viver; a única possível para eles, naquele país líder do Mercosul.

Como a cada dia havia menos inflação e menos empregos e menos dinheiro e menor proteção a cada cidadão e mais fome e mais violência e mais despudor, os lixões ficavam mais lotados, com batalhas cada vez mais intensas. As disputas passaram dos simples sopapos e tabefes às facas e aos revólveres e corpos começaram a ser encontrados debaixo dos restos apodrecidos. A vida passou a ficar difícil para aqueles que até então tinham vivido (confortavelmente, asseguravam) dos lixões.

A mídia ocupou-se do assunto. Só que, como os fatos se repetiam, e como o lixo passou a desgostar os mais bem estabelecidos e a imagem no estrangeiro estava ficando conturbada, o governo decidiu intervir. Todos foram avisados de que o presidente (em pessoa) iria ao maior dos lixões anunciar as medidas tomadas para atenuar a tragédia prestes a explodir.

O maior dos lixões preparou-se. Correram todos para limpar o local. Separou-se o que havia de melhor e mais atraente, o menos pobre, o mais apetecível. Para o presidente sentir que estava mesmo no melhor. Conseguiram um pano vermelho para ser estendido como tapete.

O presidente foi conduzido a um palanque de plástico retirado do lixão (cor local e autenticidade). E em pronunciamento por rede nacional, afirmou:

"Povo, bom povo! Você que vive agora em um regime de estabilidade, deve saber que meu governo está atento e que o problema dos lixões começou a ser resolvido. O ministro da Fazenda determinou que o Banco Central libere financiamentos a juros baixos, para que as classes média e alta possam comer melhor, comprar produtos de melhor qualidade, importar mais latarias de primeira, adquirir queijos italianos, presuntos espanhóis (o Pata Negra é maravilhoso). Que as classes média e alta possam ter produtos excelentes, a fim de que tudo aquilo que for ao lixo possa proporcionar a vocês vida digna. Melhorando a vida dessas classes, que são o esteio da nação, vocês serão beneficiados. Dentro de um mês, este lixão será o melhor, comparável aos melhores do Primeiro Mundo. Assim, no Brasil inteiro. Fiquem com Deus, ainda que eu não acredite nele."

20 de junho de 1999.

PLAYBOYS, MILIONÁRIOS E ACIDENTES

As ruas de Paris têm sido impiedosas com os *playboys*. Al Fayed, namorado da princesa Diana, é o terceiro que encontra a morte em acidente automobilístico. A lista inclui apenas os *playboys* de grande monta, os que pertencem ao primeiro *ranking*. Porque existem *playboys* de terceira categoria, de fama local, provincianos. De qualquer modo, deve-se reconhecer que Al Fayed não estava no mesmo *ranking* que os outros dois que também morreram na cidade: Aly Khan e Porfirio Rubirosa. Não possuía o mesmo charme, carisma, era muito mais um milionário esforçado que engatinhava no assunto. A era dos *playboys* parece ter passado, com a globalização e o número enorme de milionários que surgiram pelo mundo. Houve tempo em que a palavra milionário envolvia admiração, bocas abertas de pasmo, inveja. Hoje, qualquer aplicador maluco na bolsa pode-se tornar milionário da noite para o dia. Ou, então, um tipo começa a construir prédios, um atrás do outro, um financiando o outro, enquanto o dinheiro de quem compra é desviado. Enchem as burras!

Aly Khan era filho do Aga Khan, imã que comandava a religiosidade de 15 milhões de muçulmanos ismaelitas da Ásia e da África. Homem que teve papel preponderante na formação da Liga Muçulmana Panindia e foi presidente da Sociedade das Nações. Dizia-se que o Aga, todos os anos, no dia do seu aniversário, recebia dos fiéis o seu peso em ouro e diamantes. Era robusto, equivalia a dois Faustões. Ele afirmava que descendia diretamente de Fátima, a filha do profeta Maomé. Aly viveu à sombra do pai, mas acabou por fazer a própria fama. Criador de cavalos, excelente cavaleiro, apaixonado por corridas automobilísticas, caçador, piloto (seu avião particular chamava-se O Vingador) e conquistador. Tinha muitos amigos no Brasil, convivia com o então célebre casal 20, Didu e Teresa Souza Campos, e com Jorginho Guinle.

Enigmático, gastador, sedutor, aos 37 anos, Aly Khan apaixonou-se por Rita Hayworth, a Sharon Stone da época (com mais charme, elegância e porte), casou-se com ela, transformou-a em princesa. Continuou todavia a levar uma vida de *playboy*, seduzindo mulheres pelo mundo. Os *playboys* eram tão famosos quanto os artistas de cinema. Ocupavam a mídia com desenvoltura, quanto mais apareciam, mais aprontavam, mais excitavam as mulheres. Na noite de 12 de maio de 1960, ao volante de seu Lancia, tendo ao lado a manequim Betina, sua namorada de plantão, Aly Khan bateu de frente com outro carro, quando se dirigia a um jantar em Paris. Betina sofreu escoriações leves. Ele morreu aos 48 anos.

Porfirio Rubirosa pertencia a outra estirpe. Enquanto Aly Khan tinha o dinheiro do pai e dos fiéis (uma versão do Edir Macedo), Rubirosa foi fazendo seu pé-de-meia à custa de casamentos com milionárias como Barbara Hutton, herdeira da rede Woolworth. Rubi, como era chamado na intimidade, foi também um diplomata a serviço, creio eu, da República Dominicana, mas não se conhece sua folha de serviços no setor. O mesmo país, pobre, forneceu ao mundo outro *playboy*, o Trujilinho, este de quinta. Se não morreu, deve ser hoje um velho impotente. A diplomacia de Rubi era infalível para levar mulheres para a cama. Moreno, boa pinta, elegante, impecável. Conta-se que Rubi costumava, nos jantares, apanhar a mão da mulher que estivesse ao seu lado, conduzindo-a para baixo da mesa, diretamente ao assunto, sem sutilezas. E como, segundo as lendas, era incrivelmente bem dotado, tinha metade do caminho andado. Fazia o marketing direto, exibia o produto, montava a expectativa para o desempenho. Devia ser bom, porque teve amantes sem conta. Sua última mulher foi Odile, uma lolita linda, de rosto sensual e delicado, com quem o *playboy* parece ter se aquietado, acalmado o facho. Odile domou-o, mas não teve sorte. Certa madrugada em Paris, o carro de Rubirosa atracou-se a uma árvore do Bois de Boulogne, se não me falha a informação.

Lendários, mitológicos, os *playboys* pregavam o hedonismo em seu mais apurado grau. O que me fascina, o que eu gostaria de saber é sobre o cotidiano de um homem desses. Como preenchem aquelas horas do dia entre as quatro paredes de suas casas, porque ser *playboy* não me parece uma atividade de 24 horas seguidas. Agora, tivemos a meteórica trajetória deste Al Fayed, que, apesar de multimilionário, de ter produzido filmes como *Carruagens de fogo,* e ser dono da Harrods e do Ritz, era nebuloso, apagado para a mídia. Apareceu a bordo da princesa Diana, e teve pouco mais que quinze minutos de glória, como dizia o Warhol. Apagou-se no rastro de um bando de paparazzi e nas mãos de um motorista embriagado e, ao apagar, levou consigo a luminosidade de uma princesa que revolucionou a Inglaterra. Eu gostaria de repetir aqui uma frase que foi dita (por quem, meu Deus?) a propósito da morte de Tom Jobim: Eu nem sabia que o Tom podia morrer. Pois o mundo não imaginava que Lady Di pudesse morrer.

7 de setembro de 1997.

VONTADE QUE PODE LEVAR AO DESESPERO

Maria Eugenia, velha amiga, pessoa educadíssima, daquelas que, antigamente, eram chamadas de recatadas, levantou, dia desses, um problema. Que se é complicado para um homem, que dirá para uma mulher? É um assunto prosaico, tem gente que vai dizer: isto não é coisa que se aborde em jornal. Já acho que é exatamente coisa que se deve abordar em jornal. Talvez alguém se toque e tome providências. Ainda que as providências neste sentido demandem tempo. Porque abrangem duas etapas: mudar a consciência e construir.

Mas, que tipo de coisa é? Parece bem complicado. E não é. Eu me refiro à vontade de fazer xixi. Estar na rua, em São Paulo, e sentir aquela vontade urgente que pode levar ao desespero. Não há como resolver. Como? Então, não há centenas de bares, lanchonetes, restaurantes? Não basta entrar, pedir licença, usar o banheiro? Aparentemente as coisas deveriam se passar assim. Os leitores de São Paulo vão me entender. Os de fora ficarão estarrecidos diante da cruel revelação: não há como fazer xixi nesta cidade.

O assunto se divide em duas partes: xixi para homem e xixi para mulher. Por razões físicas, anatômicas, ou seja lá como se defina, o homem tem muito mais facilidade do que a mulher, quando se trata do assunto. Vai ver, a famosa "inveja do pênis" levantada na psicanálise – que tanto pano para manga deu com o movimento feminista – não passe disso: o homem se arranja melhor que a mulher na hora do xixi.

Basta entrar no bar e pedir licença. Esta, às vezes, é complicada, porque o homem atrás do caixa deixa, mas só se você consumir alguma coisa. Digamos, um refrigerante. Ora, o aperto compensa o gasto. O melhor é pedir antes, tomar e depois ir ao banheiro. Existem, todavia, os comerciantes que simplesmente negam. Não pode, porque não pode. O banheiro é apenas para os funcionários. Não nos esqueçamos o grande número de bares que simplesmente – contrariando as leis – não possuem sanitários.

Há outras dificuldades. Dado o consentimento, surge novo problema, o da limpeza. Contam-se nos dedos os banheiros limpos dos bares e restaurantes populares desta cidade (alguns caros também pecam gravemente). Se você entra num banheiro sujo, acaba não ligando, aumenta a sujeira, faz de qualquer jeito. E há os mal-educados que têm prazer em bagunçar. Sujeira e cheiros, combinação que prejudica.

Chegamos ao problema feminino. O homem fica em pé e se ajeita. Mas a mulher precisa sentar. Não há como! Nem o maior desespero justifica ter o pé no meio da água (o chão está sempre inundado), tentando se equilibrar para não encostar um milímetro de pele em vasos tenebrosos. Precisa ser acrobata olímpica. Pé na água, nádega a meia altura, dedo tampando o nariz. Difícil, não é minha senhora? Não está aqui uma prova de que as cidades estão preparadas para os homens?

Durante algum tempo usei o esquema cinemas. Sabia que os banheiros dos cinemas eram razoavelmente limpos. Comprava o ingresso – houve tempo em que o bilhete equivalia a um refrigerante – entrava, usava tranquilo e saía, sob o olhar admirado da bilheteira que perguntava: "Não gostou do filme?" Tentei as lojas e me deparei com o mesmo problema: uns deixavam, outros não. Só se consumisse. Mas eu não ia comprar um terno ou um jeans por causa do aperto. Os *shoppings*, espalhados por toda a parte, facilitam, têm banheiros enormes, limpos. E, por enquanto, gratuitos. Virá o dia em que há de cobrar, cobra-se tudo nos dias de hoje! Banheiro público, nem pensar. Ou é sujo ou tem aquele sujeito do lado que fica olhando para você, e você olha para ele e recebe uma piscadela.

Lanchonetes tipo McDonald's são igualmente um alívio. Você entra, finge que vai para a fila, desvia, vai para o banheiro, usa, volta, finge que saiu da fila e vai embora. Se houver fiscal por perto que olhe feio você tanto pode sair com maior cara de pau, como ir ao balcão e pedir um *milk-shake*, para comemorar a solução do desespero. Nesta hora você está leve, solto, de bom humor. Porque um bom xixi, na hora certa, é a melhor coisa do mundo; ou das melhores.

Alguém há de perguntar: e a mudança de consciência? Ah, é preciso conscientizar o poder público para que construa sanitários, aos montes, nesta cidade de vinte milhões de habitantes.

E o povo – porque deve haver ao menos cinco milhões de pessoas andando nas ruas que, de repente, precisam fazer xixi – deve ser mais educado e saber se comportar no banheiro, pensando que outro virá usar em seguida. Não é só o chamado povinho que é mal-educado. Nas viagens internacionais, a qual somente uma elite tem acesso, os banheiros, no final, estão praticamente inundados, o papel e o sabonete acabam, tudo vira porcaria. E os donos de bares e padarias devem estar atentos aos sanitários, para que não se transformem em chiqueiros. Mas já é querer demais!

17 de abril de 1994.

A MORTE DO MILIONÁRIO

Domingo, antes de lamber a cria, gíria de escritor que significa ler o que se escreveu, passo pela coluna dos que morreram. Minhas reações diante dos que se foram, principalmente se são amigos ou conhecidos, é de maior apego à vida. Quantos têm ido mais cedo do que eu? Estou aqui, vivo, trabalhando, amando, me divertindo, tendo enorme prazer em viver, sejam quais forem as dificuldades para se existir. Ver que outros morrem me reafirma dentro da vida. E me traz tranquilidade. Há momentos em que sinto tal plenitude que digo: se a morte viesse agora me levaria apaziguado. Meu único pavor é morrer em decadência, deteriorando física e mentalmente.

Ao passar os olhos pelas colunas de falecimentos, vi duas linhas: Octaviano Augusto Souza Bueno Filho. Então, esse era seu nome? Sessenta e sete anos. Entre parênteses, o apelido: Guite. Não dava para acreditar. O "ídolo" de uma geração transformara-se em duas secas linhas. Quase 50 anos atrás, a notícia corria por Araraquara entre nós, moleques pobres de 14, 15 anos: Guite chegou. Sabíamos que tinha chegado, porque o Cadillac rabo de peixe ficava estacionado na Rua 3, em frente do Araraquarense, ou diante da confeitaria do Chafic. O único Cadillac que se via na cidade. Eles existiam no cinema, nas revistas e nas mãos do Guite. Conversível, branco, bancos de couro vermelho. Demais! Um deslumbramento, de babar. Todos babavam. O carro se via adorado como o bezerro de ouro bíblico. Girávamos em torno, comendo o lanche de estudante pobre, pão com molho de tomate, especialidade do Chafic. Esperando para ver o Guite.

Admirado como figura de cinema, ídolo do futebol, astro da canção popular. Afinal, um milionário! O primeiro milionário que vi em carne e osso. Empolgante vê-lo dirigindo seu Cadillac, o maior objeto de desejo dos anos 40-50. Em Araraquara, havia alguns ricos, no entanto, milionário mesmo, apenas um. Ele, que aparecia de vez em quando, diziam que a mãe tinha uma fazenda monumental. Tudo em torno de Guite era envolvido pelo exagero.

Guite tinha nossa admiração, porque as mais belas da cidade se atiravam aos seus pés. Transariam com ele? Mistérios. Havia épocas em que ele exibia um bando de jovens paulistanas exuberantes, decotadas, calças justas. Digamos, as Adriane Galisteu da época. Mulheres de cinema, capa de *O Cruzeiro*. Ou eram as lentes de nossas óticas, predispostas a se encantar com tudo o que o milionário fazia? Difícil me fazer entender, hoje há tantos milionários, a palavra perdeu o sentido. Se aparecesse agora um trilionário em dólares não seria espantoso? Pois é isso, ver um milionário era um assombro.

Guite podia tudo. Entrar sem paletó no cinema ou sem gravata no Tênis nas noites de domingo. Andar sem meias e com sapatos mocassim. Trazer os jeans sujos de bosta de vaca, o que parecia fazer intencionalmente para chocar, sentando-se na escada do clube. Ficaram comentadíssimas as festas dadas na fazenda. No Estádio Municipal, se havia demonstrações de hipismo, Guite e sua turma apareciam em cavalos imponentes. Tudo era exacerbado em tempos de inocência. Um dia, a notícia correu, paralisou a cidade. Ao realizar uma tourada na fazenda, Guite tivera o olho arrancado pelo chifre de um boi. Internado na Santa Casa foi objeto de diz que diz que. Os comentários aumentaram no momento em que ele teria fugido do hospital, escondido no meio de um bando de mulheres magníficas. Em seguida, foi visto circulando, com óculos escuros (usava também à noite, imaginem) e um copo de uísque na mão. Para mim, Guite era alto, forte, uma grande presença. Assim, muito antes de sonhar com ser maquinista de locomotiva, roteirista de cinema, bailarino como Fred Astaire, cantor de rádio, piloto comercial, sonhei ser milionário.

Passaram-se dezenas de anos. Em 1991, convidado por Nick Lunardelli, comecei a escrever um livro sobre o jogo de polo. Certo dia, na Hípica Paulista, Nick me apresentou um polista apaixonado: este é o Guite! Gelei. O passado reexibiu seu filme. Guite me estendeu a mão, sorrindo. Um homem magro, de minha altura, óculos sem aros, pouco falante (ao menos, naquele momento), quase tímido. Onde estava a lenda de minha adolescência? Na verdade, nunca soube quem foi Guite, sequer sabia seu nome, apenas criei um personagem? O Guite real estava a minha frente. E o outro? Por momentos, quis conversar sobre aquele passado. O que havia de verdade e de invenção? O que se passara entre o contestador de valores provincianos e o Guite atual? Ele saberia do mito que encarnou? Nada falamos. Nunca mais o revi. Lá atrás, na memória, uma gaveta de vidro estilhaçou.

5 de março de 2000.

SÓ RINDO

LINDOS NOMES DE REMÉDIOS

Apareceu em minha mesa um livro curioso: *Guia do paciente,* da BPR. Fascinante. Despertou imediatamente um meu lado hipocondríaco que eu desconhecia. Como resistir a um manual com informações sobre 3 mil remédios. Não é de delirar? Flutuar no paraíso? No fundo, basta um amigo ter uma gripe para relatarmos a nossa, mais violenta. A dor de cabeça do outro não é nada, comparada com a nossa enxaqueca. A operação que a amiga sofreu é fichinha perto da cirurgia que fizemos. Uma dor de garganta nos deixa em pânico. Pode ser um câncer, trazido pela poluição do ar ou pela química das comidas e bebidas. Uma azia que pode ser debelada com sal de frutas acaba sendo sintoma de um enfarte. O melodrama faz parte do cotidiano.

Adoro meus amigos hipocondríacos. Eles possuem todos os tipos de medicamentos. Sabem tudo sobre doenças. Leem revistas como *Saúde* e colecionam listas de remédios. Subornam farmacêuticos para saber novidades e tendências. São "médicos" que resolvem meus pequenos problemas, me indicam o que e como tomar. Perigo? Sei disso, mas a gente vive perigosamente. Os médicos andam caros, os convênios não funcionam? Acione o seu hipocondríaco de plantão! Só tenho medo do conselho regional me dizer que estou induzindo à prática ilegal da medicina.

O *Guia* me tomou horas. Deslumbrantes os nomes dos remédios. Gostaria de conhecer o processo que leva ao batismo dos produtos. As razões que determinam o surgimento de Naaxia, Wintomylon, Balupiro Pupirol (Já tomou seu pupirol hoje?), Ursacol, Hismanal, Azactam (parece palavra mágica – shazam – ou cabalística), Akineton (vagamente egípcio), Peptulan, Bufedil, Capoten, Slow K, Iskevert, Hidrea, Danilon (em homenagem ao pai que se chamava Danilo?), Tigason,

Famox, Gardenal (Gardel?), Sibelium (e o compositor Sibelius?) Teoremin (vagamente matemático), Isossorbida (não é para gagueira). Claro que tem o lado sério, há razões até etimológicas, porém não faz mal olhar o lado bem-humorado.

Conheço pessoas que têm como *hobby* ler e colecionar bulas. Pois agora, aqui está um livro de bulas. Delicioso. Pena que não utilize termos como posologia. O *Guia* traz tudo em português normal. O que é, para que serve, como se usa e cuidados especiais. E as contraindicações? Quando lemos numa bula as contraindicações, temos vontade de atirar o medicamento fora. Pois tem um – tomei por causa da pressão que pode provocar – vejam só: angina no peito, alteração do paladar, cãibra, confusão mental, depressão, desmaio, diarreia, formigamento, fraqueza, cor amarelada na pele ou nos olhos, zumbido nos ouvidos, manchas nos olhos, nervosismo, palpitações, impotência sexual, má digestão, dor na barriga, dor de cabeça. Não ficaria mais fácil enumerar o que ele não provoca? Quem é louco de tomar tal remédio? E se me der tudo isso de uma vez? Será que já me veio a confusão mental? Na próxima, deixo a pressão estourar.

Entendo os hipocondríacos. Basta a gente ler as reações que o produto pode ocasionar para começar a sentir tudo, é fatal, é humano. A doença borbulha. Tem de tudo, para todos os gostos: coceiras, bolas nas mãos, fraqueza nas pernas, inchaço generalizado, cólicas, convulsão, respiração curta. Há os que ocasionam parestesia, angioedema, hemiplegia, neuropatia periférica, dor epigástrica. A vantagem ao deparar com esses nomes é que eles são enigmáticos para os comuns. Como saber o que é parestesia? Não sei, não sinto, não tenho. Se as bulas fossem nessa linguagem cifrada muita doença seria evitada!

Divirto com um assunto sério, mas não resisto à tentação. Porque é uma verdadeira viagem (se usarmos a fantasia e a imaginação) atravessar as 916 páginas do *Guia*, organizado pelo doutor N. Caetano. Ele provoca duas reações: sentimos tudo e nos enfiamos na cama ou descobrimos que somos sadios.

Jamais imaginei que existissem tantos medicamentos. Sou advertido de que estes são os principais. Quer dizer que tem mais. Cada produto alcança duas ou três doenças em média, dos pequenos distúrbios às enfermidades complexas. Significa que existem mais de 10 mil moléstias, mal-estares, complicações. Isto a quatro anos do próximo milênio, com tanta tecnologia à disposição. Estamos andando para trás? De qualquer modo, mesmo técnico e especializado, recomendo. Este *Guia* será meu livro de cabeceira.

14 de janeiro de 1996.

MANHÃ A BORDO DE UM TÁXI

Saí do dentista, apanhei o táxi, dei o endereço.

– O senhor mora aqui?

– Não! Aqui é o meu dentista!

– Mora onde?

– No endereço que dei.

– Tão longe! Por que vem ao dentista aqui?

– Porque ele atendia perto de mim, mas mudou-se para cá e como estou há anos com ele, mantenho a fidelidade.

– Por que ele mudou?

Claro que a pergunta deveria ser feita ao Luis Paulo Restiffe, o dentista, e não a mim. Mas o homem estava engatando outro assunto:

– Sabe quanto custa uma fechadura nova?

– De quê?

– De porta, claro!

– Da casa?

– Não, do carro!

– Que marca?

– Esta aqui.

– Que marca é?

– Não vê que é um Santana?

– Não conheço marcas de carros. Inclusive era um problema quando meus filhos eram pequenos. Morriam de vergonha do pai. Eu dizia: olha o Passat, eles corrigiam: é um Del Rey. Não acertava uma.

– Sabe quanto custa a fechadura?

– Não tenho ideia.

– 90 paus! 90, pô! Pode? Quebrou a molinha, fui consertar, não dá, preciso trocar a fechadura inteira. Acredita? Sacanagem! Pensei que a molinha ia custar 3 reais, tenho de desembolsar 90. Ainda por cima não tem na cor branca, vou precisar pintar. Mais dinheiro! A gente só paga, paga. Imposto, conta, taxa de banco, IPVA, IPTU, não tem dia que não pago uma conta!

Dirigia indo para a direita e para a esquerda, mas não estava bêbado.

Virava-se para o lado, descuidava-se do trânsito.

– Olha como temos de dirigir. Tanto buraco. Só dá buraco. O que faz essa prefeita?

– Administra.

– O quê?

– A cidade.

– Viu como a cidade está?

– Vi.

– Para o senhor, qual foi o último prefeito bom de São Paulo?

– O Faria Lima.

– Aquele que morreu?

– Foi.

– Mataram ele no mar.

– Não. O Faria Lima morreu do coração.

– E aquele que morreu no mar, caiu entre os barcos?

– Foi um delegado dos tempos da ditadura.

– Chamava Faria Lima?

– Não. Fleury!

– Era dono dos laboratórios?

– Não.

– Mesmo nome, então?

– Sim!

– O Faria Lima fez a 23 de Maio, não foi? Lembra-se como criticaram, disseram que era um absurdo uma avenida com aquela largura. Se vissem hoje, congestionada. Faria Lima foi melhor do que o Jânio?

– Depende do ponto de vista.

– Com o Jânio não tinha caminhão de entrega fora do horário, não tinha motorista queimando faixa de pedestre, não tinha carro estacionado em lugar proibido. Lembra quando ele multou os carros dos convidados das netas na festa de inauguração da escola que elas abriram? O homem tinha autoridade. O senhor não acha que o problema hoje é de autoridade?

– Pode ser.

– Ou é de religiosidade?

– Pode ser!

– Ou é de corrupção?

– Quem sabe?

– Ou é a falta de caráter?

– Vamos por aí!

– Quanta imoralidade se vê! O senhor gosta de mulher pelada na televisão?

– Depende...

– Só dá peito, bunda, coxa, só dá homem sem camisa em novela. O senhor pode me dizer se os homens das novelas são gays?

– Não me consta!

– Cada mulher gostosa que mora neste bairro. Reparou? Acho que a maioria quer homem. Muita mulher sozinha na rua. Hoje mulher dá sopa, sobra pra todo mundo. Pego quantas quiser aqui no carro.

– Sorte a sua!

– O senhor já tomou Viagra?

– Ainda não!

– Não precisa?

– Acho que não!

– Tem medo?

– Do Viagra? Não. Por quê?

– Dizem que se a gente toma, não para mais.

– Muita lenda.

– O que é lenda?

– Uma coisa que dizem que é, mas não é. Uma coisa muito falada, muito repetida.

– O que me encatiça não é o Viagra, é a Mega-Sena. Acha que sai para alguém? Ou é truque? Sacanagem?

– Deve sair. De vez em quando um acerta uma acumulada!

– O senhor conhece alguém que ganhou?

– Quem é louco de dizer que ganhou?

– Não acha estranho?

– Penso na segurança!

– O senhor já ganhou?

– O máximo que consegui acertar foram dois números. Nem quadra, nem quina.

Nada!

Brecava quando via o farol verde, dava um jeito de chegar devagar e apanhar o farol vermelho, assim ganhava uns centavos a mais no taxímetro. No cruzamento, veio uma jovem entregar um folheto.

– Isso é que dá dinheiro. Aqui em Santana tem um sujeito que distribui folhetos de cinco firmas. Ganha 10 paus de cada uma, por dia. Trabalha de segunda a segunda, faz 1.500 reais por mês. Mais do que eu. E não paga imposto! Só dá um folheto por pessoa. Não adianta pedir um monte, para ajudar a descartar. Ele te entrega um e vira as costas.

– Honesto.

– Besta! A maioria joga no bueiro e pronto, vai buscar o dinheiro. Viu o que está acontecendo com as notas de 20 reais?

– Não. O que acontece?

– Sumiram. Por que será?

– Nem sabia que tinham sumido!

– Não é um mistério? Por que somem notas de 20? Este país é engraçado. Tudo muito louco, nada funciona, os serviços são de quinta, a comida envenenada, o ar é poluído, juízes roubam no futebol, a feira está pelo olho da cara, os perueiros compram os fiscais. Sabe quanto cada perueiro dá para os fiscais?

Eu sei! Sei onde eles se reúnem em Santana. Sei que a fiscalização avisa onde vão fiscalizar. Só avisa quem paga, os outros entram pelo cano. Como? O doutor quer descer aqui? Não ia descer perto da Rebouças? Mudou? Vai descer já? O que há? Aconteceu alguma coisa? O senhor não tem mais trocado? Não tenho nada, comecei agora! Posso ficar com o troco? Como muito? O doutor parece bem de vida!

18 de julho de 2003.

O HOMEM QUE DESEJAVA UM SONHO

Ele se aproximou do balcão da confeitaria. Vestia uma calça surrada e a camiseta estava limpa, mas indicava ter sido lavada e não passada. Tinha o rosto arranhado e os braços estavam lanhados.

– Quanto custa um sonho?

– R$ 2,10.

– Caro! E um copo de groselha?

– Groselha?

– Isso. Groselha misturada com água.

– Não vendemos groselha por copo. Só em litro, o xarope.

– Ah! E o recheio do sonho é do quê?

– Doce de leite ou creme de baunilha.

– Pode deixar um sonho por R$ 1,00?

– Não!

– Nem pedindo pelo amor de Deus?

– Nem pelo amor de Deus nem pelo amor dos meus.

– Por quê?

– Tenho de fazer a comanda e colocar o produto e o preço para você pagar no caixa. O patrão confere tudo no final da noite.

– Diz que era sonho de ontem e você deu abatimento.

– Aqui não existem sonhos de ontem.

– Como não?

– A confeitaria é famosa pelos produtos frescos. No fim do dia, recolhem todos os doces, doce estraga fácil, fermenta.

– O que fazem com os doces recolhidos?

– Não sei, vai tudo numa caixa que o patrão leva. Acho que dá para caridade, distribui à noite para os sem-teto.

– Sabe onde distribuem?

– Não, não sei dessas coisas. Qual é, ô meu? Olha a fila! Vai comprar?

– Só tenho R$ 1,00.

– Pede a alguém para completar!

– Não sou mendigo.

– Qualquer um completa, é pouco!

– O senhor já pediu alguma vez?

– Não!

– Não conhece a humilhação pelo olhar. As pessoas parecem ter nojo.

– O senhor exagera.

– Não. Já pedi. Senti. Dói mais do que a fome. Do que a vontade.

– O senhor é orgulhoso!

– Não, sou gente.

– Para que quer um sonho e um copo de groselha?

– Para minha companheira.

– Onde ela está?

– No hospital. Foi atropelada por um motoqueiro.

– E o senhor? Também foi atropelado?

– Não!

– E esses machucados?

– Apanhei dos motoqueiros. Quando briguei com o motoqueiro que atropelou, pararam cinquenta motos. Nem quiseram saber, caíram de pau em cima de mim, depois fugiram.

– E sua companheira?

– Está internada e queria comer um sonho, é o que mais gosta. Naquele pronto-socorro do SUS não dão nada, é uma miséria.

O vendedor se afastou, chamado por uma mulher de avental impecável. O homem de rosto lanhado contemplou a vitrine, havia bolos de chocolate com cobertura envernizada, tortas mostrando recheios vermelhos, amarelos e brancos, polpudas, sensação de serem macios, desmancharem na boca. A confeitaria era grande e havia mesas onde as pessoas tomavam café, comiam sanduíches de pão branco, sem casca, havia pratinhos com minicoxinhas, empadas, croquetes. A mulher de avental branco impecável estava a segui-lo, com olhar desconfiado, mas ele não percebeu. O que fazer para ter o sonho? Se alguém acabasse, levantasse e deixasse alguma coisa intocada em um daqueles pratinhos, ele teria coragem de apanhar, disfarçando. Deixariam? Um homem de terno preto, camisa preta, gravata preta aproximou-se.

– Vamos lá, companheiro! Não vem pedir aqui.

– Não estou pedindo! Não pedi nada!

– Veio comprar, não comprou. O que queria?

– Um sonho.

– Por que não levou?

– Meu dinheiro não dá!

– Então, quando der, volta.

– Preciso do sonho hoje.

– O sonho pode ficar para amanhã.

– Nem sempre! Sonhos precisam ser realizados na hora.

– O senhor é cheio de falatório. Cai fora.

O vendedor que atendera o homem lanhado no balcão se aproximou. Fez um sinal para o segurança se afastar.

– Tenho uma ideia. A casa fecha às oito. O senhor fica por aí, faltam duas horas. Antes das oito, volta, fico de olho nos sonhos, se sobrar algum o senhor leva. Sempre sobra, deixa comigo!

– Valeu! Obrigado.

Saiu, escritórios despejavam secretárias e funcionários, pontos de ônibus se enchiam, passavam perueiros gritando destinos, bares se enchiam para o *happy hour*, cervejas abertas, chopes com colarinhos, cheiro de linguiça calabresa com cebola, os caça-níqueis se viam rodeados por homens barulhentos. Quarenta minutos depois, ele voltou, restavam seis sonhos na vitrine. Andou mais um pouco, estava inquieto, entrou em um supermercado para se distrair olhando pessoas comprando, observando o que havia nas gôndolas. Às sete e meia os sonhos eram três. "Fique calmo", disse o funcionário que o atendera, "sempre sobra. Estamos começando a fechar, volte em meia hora". Ele entrou em uma locadora de filmes, havia tantos que gostaria de assistir, um dia compraria um vídeo para ver *O pa-*

gador de promessas. Voltou correndo, com medo da padaria fechar, olhou para a vitrine, restava um sonho, o funcionário que o atendera fez um sinal e mandou-o encaminhar para o balcão. Ao chegar, havia duas senhoras à frente dele. Uma levou dois pãezinhos de leite. A outra apontou o prato e pediu: "Me dê aquele sonho. Todos os dias preciso de um sonho quando a noite começa".

24 de outubro de 2003.

A CONTINÊNCIA, O CAUBÓI E OS PEDIDOS DE ALMOÇO

Dia desses, li no *Caderno 2* a história de Georges See, que passou 54 anos de sua vida se perguntando por que um oficial alemão que cruzou com ele, certa manhã em Paris, em 1942, ao vê-lo, portando a estrela amarela que o qualificava como judeu, parou e bateu continência. Mais de meia vida esse homem passou com essa inverossímil situação em sua cabeça. Nada mais incompreensível que um oficial alemão saudando a estrela que representava o que ele mais odiava.

See contou a história a um neto e este lembrou-se de um trecho do diário do escritor Ernst Jünger morto recentemente aos 102 anos. Havia episódio semelhante. See escreveu a Jünger, que confirmou. Era ele o oficial. Sempre reverenciava a estrela amarela e lembrava-se do episódio em Paris. Jünger foi oficial, porém não nazista. É um episódio controvertido da literatura alemã. Contei esta história, apenas para fazer um contraponto em uma situação que vivi e não me saía da cabeça. Meados dos anos 80, fui a Paraty. Uma noite, decidi conhecer a pousada de Paulo Autran, o Pardieiro, lugar aconchegante. Sentei-me no restaurante tomando um Campari-tônica refrescante e sem me decidir quanto ao que comer. Vi entrar aquele homem com cara de americano, jeito de americano e botas de caubói. Pensei: é um americano. Era. Ele sentou-se, os garçons colocaram o *couvert*, ele beliscou uma azeitona, apanhou o cardápio, virou e revirou, sorriu. Sem perder a fleuma. Tinha um jeito bom, afável, e revelava a perplexidade de quem quer comer e não entende uma palavra do que está escrito.

Poderia ter se decidido na forma clássica e clicherizada de apontar o dedo em qualquer coisa e esperar, torcendo para que não seja o *couvert* ou a sobremesa. Não, o homem, que deveria estar com 80 anos, depositou o cardápio, olhou para mim, viu a minha ansiedade (e por que não ajudei?), fez um gesto: Espere só! Quem seria o homem? Teria parentes aqui? E os parentes? Como o abandonaram, sem que falasse português? Como ele ia se virar? Esperei, o garçom esperou, o caubói não se perturbou. Tranquilo como Gary Cooper ao enfrentar os ladrões em *Matar ou Morrer (High Noon)*. Abriu os braços e soltou um cocoricó que encheu o restaurante. Se Paulo Autran estivesse lá teria ficado impressionado com a empostação de voz. Bateu os braços como se fossem asas e cantou outra vez: cocoricó. O garçom, inteligente, anotou o pedido. Voltou da cozinha com o frango e o caubói comeu regaladamente. Os outros comensais aplaudiram. Há anos trago essa imagem na cabeça, não sei por que não escrevi uma crônica antes. No Sábado de carnaval li aqui a crônica do Matthew Shirts, desfiz o mistério. Era o avô dele o caubói.

Esta cena, por sua vez, lembrou-me uns brasileiros que estavam nos Estados Unidos. No restaurante, um deles pediu um doce e queria canela. Mal sabia falar inglês. Pensou e chamou o garçom. Mostrou a canela da perna, bateu nela com a mão três vezes, dizendo: *powder*, *powder*, *powder*. Ou seja, canela em pó. O garçom, claro, não entendeu nada. Vocês podem comentar que faltou ao americano a esperteza do garçom brasileiro. Convenhamos, é mais fácil pedir frango do que canela em pó.

Na *Última Hora*, anos atrás, trabalhava o Flávio Porto, apelidado de *Fifuca*, era irmão do Sérgio Porto (Stanislaw Ponte Preta) que assinava a coluna *Dona Yayá* com fofocas da cidade, do teatro rebolado e da noite. As coisas que gostava e frequentava. Sujeito alto, boa-praça, bonitão, fazia o maior sucesso com as mulheres. Viajava para a Europa e ao voltar perguntávamos: em que restaurante foi? O que comeu? Adorávamos saber de comidas. Para sonhar. E o Flávio, tranquilo: "Só como filé com fritas! É o que sei pedir. Nunca erro, vem direitinho".

Um grupo de mulheres de Araraquara foi a Miami. O lugar ainda não estava na moda, elas estavam adiantadas no tempo. Duas não falavam sequer *good morning*, *thank you*, *please*, *water*. Foram se virando, até o dia em que uma deu um basta:

– Agora chega. Não aguento mais.

– Não aguenta os Estados Unidos? Não está gostando?

– Estou adorando. Não aguento é comer ovos com presunto.

– E por que não pede outra coisa?

– E eu sei pedir? Ele é quem pede.

– E por que só pede ovos com presunto? E como é que ele pede se não sabe falar?

Descobri que basta dizer: não me negues.

Tinha razão. Ham and eggs é quase a mesma coisa que não me negues. Os garçons entendiam.

A história de See e Junger é verdadeira. A do caubói americano foi narrada para deixar o Matthew Shirts com a pulga atrás da orelha. Ele é que contou no jornal a história do avô dele, Wesley, que esteve em Paraty e pediu frango fazendo a mímica e o som. Recortei a crônica dele, mudando o ponto de vista. Não, Matthew! Não estive lá naquela noite memorável, mas seu avô devia ser legal.

1º de março de 1998.

E UMA DECLARAÇÃO DE AMOR...

O SORRISO DE MÁRCIA

Todos os dias pela manhã, trabalhamos lado a lado durante uma hora, antes que eu vá para a revista. Arquiteta, ela recém aprendeu a trabalhar com os complicados mecanismos do *autocad* em seu computador. De vez em quando paro meu texto e olho admirado o tanto de comandos para se fazer uma reta, uma curva, abrir uma porta na parede. Um dia ela viu que estavam se tornando obsoletos, a caneta rotring, o nanquim, réguas, esquadros, a velha gilete para raspar um erro. Juntamos economias e compramos outro computador. Determinada ela trouxe Katia, uma professora e, em poucos meses, dominou o sistema. Enquanto Márcia trabalha silenciosa fico constrangido com o meu tec tec tec que deve incomodá-la. De vez em quando a minha rapidez aumenta, ela se vira e sorri. Sei que é bobagem ser muito rápido, principalmente porque nesta velocidade muitas vezes bati o dedo em teclas mortais e o texto desapareceu.

Sorri, ah, o sorriso desta mulher! A primeira coisa que me cativou e, ao lado de centenas de outras, de milhares, ainda o que me mantém. O sorriso de uma pessoa que olha para o mundo de bem com a vida, disposta a enfrentar a adversidade, a combater o pessimismo. Sorriso que muda todo o ambiente a minha volta. Rasgado, iluminado, brilhante, verdadeiro. Quando ela sorri, sorri por inteiro, aberta, entregue. Todo o corpo participa, músculos, células, coração.

Uma vez, no período de alguns meses, roubaram duas vezes nosso carro, duas Paratis que ela adorava (agora mudamos, por ser um carro muito visado e pelo ágio que cobram os revendedores). Na segunda, quando ela me informou, já estava na delegacia, corri para lá, deprimido, pensando assim não é possível, fiquei para baixo, imaginei mil coisas terríveis. Encontrei-a saindo da delegacia com o BO nas mãos e o sorriso no rosto:

"Mais uma! Estamos ficando experientes!" Em casa, descobrimos que o seguro estava vencido havia um mês, portanto, zero de indenização. "Vai se arranjar, você vai ver!" O seguro estava vencido porque o corretor, pela primeira vez em muitos anos, não nos avisara, e a seguradora – incrível – assumiu, pagou, e num prazo rápido.

Ela é assim, tem confiança que as coisas se resolvem. O que não quer dizer que seja passiva. Batalha, me empurra, é uma lição para mim, mais acomodado, reticente. E também tem sorte. Campeã de vagas. Ela tem uma certeza tão grande que vai encontrar uma vaga perto de onde devemos ir que acaba encontrando, é famosa na família e entre amigas por esta sorte. Nunca falhou.

Dia desses, rimos com a crônica do Ruy Guerra contando o dilema de dormir, porque a mulher costuma se enroscar nele durante a noite. "Você é que devia ter escrito esta crônica", disse Márcia. Porque é igual conosco, e deve ser com milhares. A nossa diferença é a temperatura. Tenho calor, não me incomodo com o frio, ela é friorenta, precisa se agasalhar bem, se encher de cobertas. Acordo suando no meio da noite, tiro devagarinho o cobertor, passo para cima dela. E então Márcia começa a suar. Quando será inventada uma coberta dublê, fina de um lado, grossa de outro?

No entanto, admirável foi a forma como enfrentou os dias que antecederam e sucederam a minha cirurgia. Centrado em mim, não percebi a angústia em que ela se encontrava. A pessoa que está de fora sofre mais, tem que se manter firme. E quando eu, no auge da tensão, olhava, recebia de volta o sorriso e a força. O mesmo sorriso que encontro todas as manhãs, ao acordar. E me deixa pronto para o dia. Soube depois o que significaram para ela as oito horas e meia de espera no apartamento, enquanto eu estava na sala de cirurgia. Anestesiado, não vi nada. Ela, não. Seguiu, minuto a minuto, todo o processo, com as notícias que um médico trazia, de vez em quando.

Vieram então noites mal dormidas, atentas ao meu sono. E quem dorme em hospital, com enfermeiras abrindo portas e acendendo luzes de tempos em tempos para medir pressão, dar comprimido, injeção? E em casa, ela organizou medicamentos, comandou o regime, tirava a temperatura, informava ao médico, tratava do curativo, algo parecido com fecho *éclair* na minha cabeça. Mulher é mais forte que homem. Confesso que trataria de um curativo dela, mas seria desconfortável para mim, aqueles pontos todos, passar povidine, água oxigenada. E Márcia ali, com um sorriso, me levantando. Porque houve um momento em que pensei: "deixa rolar". E se me recuperei tão rápido, se readquiri o gosto pela vida, foi porque emanava dela uma força muito grande, enorme, que me arrancou de minha acomodação e me fez reerguer. Ah, como é curta uma crônica!

Agora, ela está aqui ao lado, nos comandos do seu *autocad*. Lembro-me que o neurologista me disse ao descobrir o aneurisma: "O senhor teve sorte, acabou de ganhar a supersena acumulada". Mal sabia ele que eu já tinha ganho uma vez, no dia em que descobri Márcia e iniciamos esta jornada que dura 10 anos.

7 de julho de 1996.

BIBLIOGRAFIA

(Dados da última edição de cada título)

CRÔNICAS

A rua de nomes no ar. São Paulo: Círculo do Livro, 1992

Strip-tease de Gilda. São Paulo: Fundação Memorial da América Latina, 1995

Sonhando com o demônio. Porto Alegre: Mercado Aberto, 1998

Calcinhas secretas. São Paulo: Ática, 2003

Crônicas para ler na escola. São Paulo: Ática, 2010

Melhores crônicas Ignácio de Loyola Brandão. São Paulo: Global Editora, 2004

Se for pra chorar que seja de alegria. São Paulo: Global Editora, 2015

CONTOS

Depois do sol. São Paulo: Global Editora, 2005

Pega ele, silêncio. São Paulo: Global Editora, 2008

Cadeiras proibidas. São Paulo: Global Editora, 2010

Cabeças de segunda-feira. Rio de Janeiro: Codecri, 2008

O homem do furo na mão. São Paulo: Ática, 1987

O homem que odiava a segunda-feira. São Paulo: Global Editora, 2000

Melhores contos Ignácio de Loyola Brandão. São Paulo: Global Editora, 2001

ROMANCES

Bebel que a cidade comeu. São Paulo: Global Editora, 2001

Zero. São Paulo: Global Editora, 2001

Dentes ao sol. São Paulo: Global Editora, 2002

Não verás país nenhum. São Paulo: Global Editora, 2008

O beijo não vem da boca. São Paulo: Global Editora, 2009

O anjo do adeus. São Paulo: Global Editora, 1995

O anônimo célebre. São Paulo: Global Editora, 2002

Noite inclinada. São Paulo: Global Editora, 2003 (publicado anteriormente como *O ganhador*)

A altura e a largura do nada. São Paulo: Jaboticaba, 2006

LITERATURA INFANTOJUVENIL

O homem que espalhou o deserto. São Paulo: Global Editora, 2003

O menino que não teve medo do medo. São Paulo: Global Editora, 2005 (publicado anteriormente como *Cães danados*)

O menino que vendia palavras. Rio de Janeiro: Objetiva, 2007

O segredo da nuvem. Ilustrações de Marcelo Cipis. São Paulo: Global Editora, 2006

Os escorpiões contra o círculo de fogo. Ilustrações de Dave Santana. São Paulo: Global Editora, 2009

VIAGEM

Cuba de Fidel. Rio de Janeiro: Cultura, 1978

O verde violentou o muro. São Paulo: Global Editora, 2000

RELATO AUTOBIOGRÁFICO

Veia bailarina. São Paulo: Global Editora, 2008

O primeiro emprego. São Paulo: Global Editora, 2011

TEATRO

A última viagem de Borges. São Paulo: Global Editora, 2005

CARTA

Cartas. São Paulo: Iluminuras, 2004

CARTILHA ECOLÓGICA

Manifesto verde. São Paulo: Global Editora, 2001

ALMANAQUE

Você é jovem, velho ou dinossauro?. São Paulo: Global Editora, 2009

BIOGRAFIA

Desvirando a página: a vida de Olavo Setubal. São Paulo: Global Editora, 2008

Além dessa vasta produção literária, escreveu ainda dezenas de biografias, documentários e memórias de empresas. Participou também de inúmeras coleções. Seu conto "O santo que não acreditava em Deus" foi adaptado para o cinema por Cacá Diegues, num longa que tem como título *Deus é brasileiro*. Teve outras obras levadas para o cinema. O filme *Bebel, a garota-propaganda*, dirigido por Maurice Capovilla, de 1968, foi baseado em *Bebel que a cidade comeu*, e *Anuska, manequim e mulher*, dirigido por Francisco Ramalho, de 1969, foi baseado no conto "Ascensão ao mundo de Annuska".

Impressão e Acabamento

Bartira

Gráfica

(011) 4393-2911